U0584776

浅樱伴墙生，折花需踮脚。

——吴宛谕

太阳被人围观

吴重生◎著

作家出版社

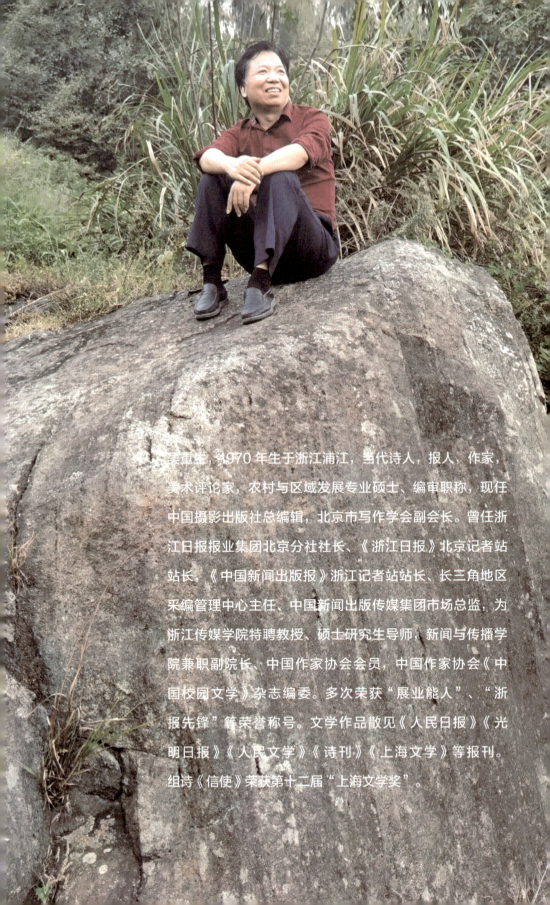

吴重生，1970 年生于浙江浦江，当代诗人，报人，作家，美术评论家，农村与区域发展专业硕士、编审职称，现任中国摄影出版社总编辑，北京市写作学会副会长。曾任浙江日报报业集团北京分社社长、《浙江日报》北京记者站站长，《中国新闻出版报》浙江记者站站长、长三角地区采编管理中心主任、中国新闻出版传媒集团市场总监，为浙江传媒学院特聘教授、硕士研究生导师，新闻与传播学院兼职副院长、中国作家协会会员，中国作家协会《中国校园文学》杂志编委。多次荣获"展业能人"、"浙报先锋"等荣誉称号。文学作品散见《人民日报》《光明日报》《人民文学》《诗刊》《上海文学》等报刊。组诗《信使》荣获第十二届"上海文学奖"。

序

一

2006年七八月间，吴重生随浙江省作家采风团赴新疆采风，当时我刚好在乌鲁木齐，我们一见如故。我为他题写了"穿越冰达坂"几个字，勉励他要努力穿越诗歌的"冰达坂"。

七年后，重生调北京工作，我与他见面的机会就更多了。我与他曾多次一起参加北京大学、中国人民大学等高校举办的诗歌活动。有时候活动结束得晚，重生就主动开车送我回昌平寓所。一路上我们聊人生，聊诗歌，话题广泛。2017年，他的女儿考上北京大学中国语言文学系，我们之间有了一层新的缘分。

2020年6月7日，中国青年出版社在雍和书庭举办吴重生诗歌作品分享会，我应邀参加，并发表了感言。那天天气晴朗，我们以吴重生诗歌的名义相聚，朋友们久别重逢，分外高兴。其实岂止是久别重逢，简直是恍如隔世！我们都经历了一场新冠病毒带来的冲击。庚子年的春天，北京很奇怪，一场雪下完又一场雪，而且雪下得很大。诗人吴重生用深情的诗句，向医护工作者致敬："十岁那年我曾经溺亡／如今，我用颤抖的手指／试图打开那个叫'武汉'的月光宝盒／我会在盒子里看到你们吗／我每天都掏出钢笔想要写点什么／想用笔尖触碰你们白晶晶的铠甲"。诗人用这些意象——"一支白蜡烛的横断面"以及"从南到北……漫天飞洒的白"，为我们概括了一个特殊的、难忘的年月。

有的人不在了，更多的人活着，诗歌和散文活着，文学和艺术活着。阅读吴重生接连问世的诗歌作品，就证明我们都活着。捕云也好，捕星也好，诗人和文学家、艺术家是用天上的云彩来装扮我们的生活，是用天上的星光来温暖我们的心灵，用诗歌和文学来温暖我们，安慰我们。

吴重生的诗写得好，散文也写得不错。这得益于他丰富的生活阅历和深厚的文学素养。我曾应邀去过吴重生的家乡浙江浦江，那是一个山清水秀、文风鼎盛的地方。这本《太阳被人围观》的诗集里有很多描写他家乡的内容。他的大境界得益于乡风的熏陶和家族的传承，他的乐观豁达和对生命的终极思考得益于他"星空下赶路人"的人生定位。他的作品之所以充满温度与生命质感，是因为他在行走中指山为证，与云同行。他本身就是一条河流，在流动中与千万条河流相遇，交融；他的诗如桂兰，似菊梅，不择地而自芳。

吴重生的诗歌整体格调是激越温暖、昂扬向上的，光明是他的诗歌底色。在诗歌文体方面，吴重生进行了深入的探索。读他的诗作，既可以读到气势的恢宏，又可以读到意境的深邃，还可以读到旁征博引的乐趣和善于发现的哲思。他的诗是内敛而深刻的，每一首诗里都藏着一个不一样的吴重生。

诗的太阳之所以被人围观，是因为它的光是柔和而可爱、美丽且温暖的。借用吴重生的一句诗敬告读者诸君——"我们用心中的光温暖彼此"。

谢 冕

2022 年 5 月 19 日于昌平，时年九十

序
二

　　脚步正大光明，走过祖国的大地，光线穿透了南北，消融了丘陵、平原和雪山，天和地互为上合下。在暮春杭州隐隐的花香中，我一口气读完了吴重生老师即将付梓的新诗集《太阳被人围观》，这股感受如舞台上的一束追光，明明白白地打在我额头上。

　　从第一辑《走马昆仑看朝霞》中的第一首《我总是把太仓读成海仓（组诗）》到第六辑《昨夜星辰昨夜风》中最后一首《雨水直接把北京浇灌成江南》，我仿佛化身为一个脚劲十足的"少年夸父"，从东海跑到西昆仑，从江南的木杖滑入北方的大雨滂沱……在太仓"把整个东海读作人类的行囊"，海拔两千多米的戛洒是"从梦境中切割出／一块桃花源"，厦门人"身材如南方春天里的紫燕"……在一本诗集里行千里路，吴重生老师既践行了自己以文"视通万里"的创作观，同时其挚爱大好山河和灿烂文明的爱国之心也表露无遗。

而且，其笔法传承了中国传统诗画中独特的空间感，总计一百零三首（组）诗歌中，超过九成有明确的地标所指，表现出以下特点：首先，以全画幅讲述空间中的景。比如《乐至的选择题》，乐至是七彩的，油菜花里的蜜蜂、山脚下的天池、等待降雪的梅岭……风景、历史和故事都铺呈在一幅乐至画卷上，大、满、写实。其次，诗中意象情境多以平面化来网罗住人间的景与情。"乡路啊／让我握紧你手心的乡愁""绿色恣意纵横／它们为万里晴空写下译文""千年老墙会说话／发黄的诗卷里收藏着繁星""以诗叙事是祖先对子孙的开示／做这牌匾的木头取自深山"……"乡路"与"手心的乡愁"、"绿色恣意纵横"与"译文"、藏"繁星"的"诗卷"、家族开示的"牌匾"取自深山的"木头"，吴老师总是青睐取三维世界里一组对立统一的情景意象，左右手一抓，揉成一个团，抚为"乡路""译文""诗卷"这些平面，和古人的"窗含西岭千秋雪"一脉相承。最后，整本诗集风格上大小情势统一。哪怕只是浏览一下目录，或读个两三首，都能感受到诗人目光所及之处，"海阔凭鱼跃，天高任鸟飞"，推天地为一面纸，甩山水为千万点。天地万物，可大可小，可上可下，空间不"空"，满即是"空"。

这种底色和他的个人史相关吗？改革开放四十年，70后基本踩上了每一个重要的时间节点，物质匮乏、社会变动、信仰震荡、时代红利等一一迎面而来，又一一迎刃而解。吴重生老师，刚好出生于70年代初期。他从浙江腹地浦江的耕读之家，走到历史和未来同样精彩的杭州，再到祖国的心脏北京，成为记者、诗人、教授、出版人，是名副其实的美好生活的奋斗者、讴歌者、分享者。眼中有光的少年随时代脉搏同频共振，一路逐梦远航，成为国家中坚70后中的一员。这一代人，集体主义意识更强，在变化中更务实，奋进时更相信自己，社会议题上更中立，对未来更具饥饿感。有些烙印，我们可以从《太阳被人围观》这本诗集中出现频率最高的几个"关键词"里窥见一二。

其中一个"关键词"是"青色"。题目里有《白雪是青色春雷的引信》，诗行有"戴上长江边这片青色的天空""就像党史里那一棵文韬武略的松树／从梅岭长出青色的枝条""他们如风般的脚步／带走了／这座大山青色的一部分""青色而高远的天空／荡漾了无边的云海""这是一个寻常的窗外／青色山脉正在向远处延伸"等。歌中唱道"天青色等烟雨，而我在等你"，一抹青色瓷是不是可以代表CHINA的文明史？在吴老师的故乡浙江就有龙泉青瓷，它在定都杭州的南宋时期达到鼎盛。对他来说，"青色的天空"会不会是历史的长空，"青色的枝条"会不会是新生的希望，"带走了／这座大山青色的一部分"是不是带走了一个民族的田园牧歌，"青色山脉正在向远处延伸"是不是从过去向未来的延伸？我大胆猜测，吴老师诗中的"青色"朝向过去，是能烧出天青色的故土，是曾满怀生机和温情的乡村童话。

另外的"关键词"是"谜"，诗集中"谜面"和"谜底"等反复出现。和前面对应，我大胆猜测，"谜"朝向现在和未来，触摸着一个当代人和时代下人海中的隐秘而强烈的共振通道。"让巨石阵和仙华山一并留下吧／这个古老的谜／永远不要开启""美食街是一个巨大的谜语／在阳光的罅隙里／请让我清点岁月的馈赠""玻璃栈道搭建的谜语／像极了刚刚过去了的／那个多汁的春天""翠鸟停留的地方／就是我交付给你的／壮阔未来的谜面"……世界局势又一次强烈澎湃，我国发展面临深刻复杂的变化，个体面临的巨大不确定性，在当下这个节点谁不是停在谜面上的一只"翠鸟"？长短句的背后，70后或许正在和我们一起见证他们曾在青春期历经的滚滚巨浪。我甚至隐约感觉吴重生老师把自己作为一个猎物，投身时代人海，同时又作为一个叫作"船长"的猎人去追捕这个猎物。"围猎的方式是古老的／

我的心情成为唯一的猎物……壮阔的尘世追赶着少年!"他以保守的姿态和对未来的期待来静候这个"谜底",渴望在矛盾的重逢中,完成一种回归,"太阳和月亮接壤""两座山峦的重逢""大地就是天空"。

这些或明或暗的星火,在这首《在天上挖一口井》中聚为一颗"太阳",神与物游,物我相忘。"在天上挖一口井/用来汲取满天的云白和天蓝/其实,人世间所有的井都高耸入云……如果水井是烟囱的前身/那么从地底里冒出的清泉就是白云/与井水时时照面的童年就是飞鸟……我梦想能在天上挖一口井/存储关于人类文明的所有记忆。"诗人把自我代入物,以物我相融的心灵之窗体察世界。"蓝天,总是在汲水的瞬间被打碎""炊烟被压缩成历史的印记",烟囱在鸟的眼里也许就是一棵树,砖石砌成的井壁是可见不可读的旧时书……逐字逐行沉浸于一种魔幻现实中,这牢牢地攫住了我。对历史的关切、对土地的深爱、对生活的沉思幻化为一缕细腻的清风缓缓地吹拂在心头,带来的却是浩大在脑海中激荡。在我看来,这明明就是一只鸟从农业文明飞到了工业文明,"烟囱曾是骄傲的地标","烟囱"代表曾辉煌过并正被信息时代取代的工业时代,"水井的低调、内敛/一如我久经风霜的母亲","水井"代表退出历史主角的农业时代。"江水一直在流，我一直在天上飘"，这只鸟聆听"水井"和"烟囱"的对唱，最后借着自己的歌喉，站在世上的两处清静之地——烟囱高处和水井深处，默默唱出自己的听闻。这首诗在意象、语言、情感、思考上均做到了高度凝练。同时，在这首诗里，诗人超越了个人和时代的审美意趣，能让各类读者获得普遍的共鸣，可谓经典之作。

同样精彩的还有诗集同名诗歌，第四辑《万顷波涛眼底过》中的《太阳被人围观》。"人无名不立，事无名不成"，名字一般都有特别的含义。据吴老师讲，诗集的名字听了他即将远赴国外留学的女儿的建议。在这首诗里，太阳可以不在被人仰望的天上，可以是地上被围观的一堆枯草，人可以跃升高空，目光成为太阳的燃料。化为太阳的诗人看到"很多时候／人类习惯用色彩来划分／人与其他生物之间的疆域"，但是"太阳与这一堆枯草之间／有着隐秘的关联／它们彼此交融，并且问候"。这颗人格化、人文化的太阳可以看到一切生灵间的差异，也可以化为一切生灵，和一切生灵相融。The Sun, the world, the dream！同一颗太阳下，同属一个世界，我们拥有同样的希望和梦想，这首诗体现出了人类精神的实质和世界的普遍价值观。这让我想起西方的塔罗牌，里面有一张"太阳"。它是世界的能量之源，代表成功与喜悦，有着最纯真的快乐和满足，拥有洞察一切真相的能力。在这张牌里，成功和失败都不代表着结束，世界是要继续前进还是止步不前，"太阳"给出了一个选择，等着人们自己决定。这首诗就是整本诗集的"太阳牌"，崇尚初心、交互、相融、开拓。

最后，我也学吴老师在《太阳被人围观》里做一次神与物游吧。用千里目把天地碾展为一张素纸，历史用青色，现在和未来用黑色谜面和白色谜底，勾画其上，"梦想花开，星星碎了一地"，碎为万水千山。万物有灵，素纸上每一朵花、每一颗星、每一个点，"给它炽热的目光 / 给它平坦的绿地"，都能与太阳对视。太阳是地上的烟囱和天空中的井，一个人的影子是否"浮光随日度，漾影逐波深"？云来云往，被围观时，我们是否能坚守与太阳对视的初心，在云卷云舒中不坠青云之志，继续前进？

王　毓

2022 年 5 月 2 日写于钱塘江畔

目　录

第一辑　走马昆仑看朝霞

我总是把太仓读成海仓（组诗）

我总是把太仓读成海仓
把整个东海读作人类的行囊
把长江口南岸读成
富足、美好、和平

如果娄江是一支笔
浏河就是它的笔尖
整条长江就是它装盛墨水的肚囊
而东海，正在输送五彩的鱼类
为太仓的繁荣提供源源不断的印证

太仓人寄情于娄东画派的指尖
用中国画的线条勾勒人间的经纬线
他们从历史深处取出战鼓、船队和旌旗
放在这一片水做的大陆之上
用月季花的花瓣做成显微镜
打量南中国亘古的繁华
用香樟树的枝繁叶茂
辉映六国码头来回穿梭的船只

太仓的历史过于厚重
以至于要像和氏璧那样深沉于水
滨长江，临东海，邻申城
太仓人在水平面上打太极
他们捕云摘星、八面驶风

当我走过太仓，像一只飞鸟
途遇满天云彩，多么五彩斑斓啊
在郑和下西洋的起航地
我仰起脖子，喝下一瓢海水
仿佛整个永乐王朝
都在这一瓢海水里得到延续

天妃宫里正在举行祭祀仪式
"三宝太监"郑和端起酒碗
他代表整个大明王朝立誓
彼岸的大西洋和印度洋
跟着天妃宫里的锣鼓一起摇晃起来
中华民族的史书被海风吹得呼呼响

如果给太仓选一种色彩作代表
那一定是紫，紫薇阁的紫
紫金山天文台的紫
吴健雄，这位太仓儿女的杰出代表
世界以她的名字命名了一颗星

如今我在太仓领取了她的一片光芒

一条河流的旅行

戴上长江边这片青色的天空
我感受到了东海岸边的流星雨
波浪在绿色车厢外追逐
天空像一艘静止的船

你说有一些红色花瓣
停留在山峦的背部
且慢些飞奔吧，我抿紧嘴唇
由南往北，穿越白天和黑夜

你的雷声总是姗姗来迟
有一些风雨在初夜时分
扫荡了北京以南的天空

你说六国码头是太仓历史见证
有一些路途被湖水簇拥
一片枫叶在你手上
就是一颗耀眼的红色星星
俯仰之间，春秋已远
你决定托运一些往事给我
包括童年、明信片、风铃

站在太仓高铁站站台
突然觉得天空很高远
你说你的车上一无所有
要带，就带上这条浏河吧
这个昼夜，希望它伴随着你
无论速度，也无论温度
要融化，就让它融化在我梦里吧

长江是太仓人栽种的一片稻田

长江是太仓人栽种的一片稻田
太仓的浪花都是金黄色的
我愿做一颗从属于太仓的金色稻谷
在浏河畔开花、结出深沉的穗

我在江海之间慢慢长大
天上有星光出现，呼应我的成长
我在娄东渔父的画桌上发现自己
素描稻谷的纹理、炊烟的脉络
谷壳是一种神秘的语言
它听得懂大海的喧嚣、江流的回声

长江是太仓人放飞的一条巨龙
龙鳞的造型和色彩

是从吴王和春申君开始定下的
那是一眼望不到头的稻浪和麦浪
滋养着生生不息的中华民族

我愿做一颗从属于太仓的金色稻谷
在浏河畔开花、结出深沉的穗
……

原载《诗刊》2021 年 10 月下半月刊

我找回昆仑山子民的身份

昆仑山代表所有关于遥远的想象
高寒是高贵的代名词
天地的外衣是五彩的
昆仑山脚下，春雷奔腾
阳光汇聚成诗歌部落

中华文化的根脉遇雪水而生发
它们循着河流的方向生长
以长江和黄河为枝蔓
一种气度，能让大雁背负雪山飞翔

山海经是发源于此的一条水系
这里的陆地都是飞地
胡杨和红柳都是西王母的家藏
海拔七千米高山雪水酿制的酒
以整座雪山作为酒引

在新疆阿拉尔腹地
我找回了自己昆仑山子民的身份
红辣椒堆成的山包

是仙界和凡界分隔的坐标
康宁的云在远方
昆仑不可见

2021 年 10 月 26 日作于阿拉尔

陆地飞升的时候

陆地飞升的时候
阿拉尔只剩下河流
塔里木的雁群在半空丈量棉海
万里之外，胡杨摇落的星群
发酵成三十年前的往事

白石湾，停泊着江南的帆船
寿山石铭刻的印鉴
留住紫燕的身影
这是一张听惯驼铃的古琴
在沙漠中央弹奏
所有的高粱都随风起舞

以金石之志相许
把独库公路穿越一生的梦想
留待明年秋天，大地之上
色彩统治了所有的村落

北纬四十度，沙棘如麦浪
江南的士在高处放歌

天山南麓山地
我与一群黑羊擦肩而过

我在塔克拉玛干沙漠遥望故乡
阿克苏河水成为一种隐喻
理想的边缘是金色稻谷
它的基因与博雅塔相似

2021 年 10 月 26 日作于阿拉尔

乐至的选择题

在乐至，做任何一道选择题
都是快乐的
除了快乐，你还能选择什么呢
当然，你可以选择蜜蜂
来为油菜花酿蜜
选择砚山脚下的天池
来放飞承载梦想的纸船
选择东临鄱阳、北对庐山的梅岭
割舍三章白云遥寄到乐至来

找不到快乐的人
请找到乐至
她会为你猜中所有快乐的谜底

有人说，这么多年没找到快乐
是因为不知道乐至的田园里
栽种着诗和远方
这两种绿色的植物
开出的花是粉色的
它们的基因跟青松相似

乐至，我选荷花做你的市花
选青松做你的市树
选金铃子来为你酿酒
你一定要好好的，待在成渝之间
那个最让人羡慕的位置
让全天下人的目光都投射过来
点燃你乡村振兴的火炬

对于乐至，我是一个生客
江和海相约与我同行
莫非这是乐至给我一个隐喻
有江海一样的胸怀方能乐至
就像党史里那一棵文韬武略的松树
从梅岭长出青色的枝条
我抵达山腰的时候
黄色雪橙正在等待降雪

在沱江和涪江的分水岭上
快乐写在每一个乐至人的脸上
整座乐至城就像是
对此欲倒东南倾的天台山
蟠龙河、卷洞河、井市河
那是诗人们在下雨之前唤来的诗行
县东乐至池里的七彩鱼

那是诗句里游动的标点符号
辛丑岁杪的一个傍晚
我打开乐至的月光宝盒
看到了传说中的诗和远方
在一千四百多年的建县史上
乐至人要与诗歌切割很难
他们索性选择在绿色的田园里
与快乐同枕共眠

2021 年 12 月 18 日写于自蓉回京途中

在慈溪，领取一根木杖

在盘古的眉睫上领取一根木杖
把金木水火土中的木命名为慈溪
这是我命理中缺失的一条肋骨
唤我小小的乳名重森
母亲的明眸里我的未来是森林
哪怕后来被拆解为一个向上姿态
生命还是生命，都期待大笔一挥
把沟壑镶嵌成郁郁葱葱的海洋

从方家河头御风乘舟向茶马古道
兜售木杖的农民，请让我买下它
买下土地这头三十厘米的生长
买下土地那头结球凝出的归程
一弯月牙找回了属于自己的圆满
左手拖着月光，右手紧握木杖
除了取道余姚的路
没有谁知道我心底的秘密
四明山麓的风收紧嘴唇不知道
太仓头顶润湿整个江南的细雨也不知道

15

路上枕着长江入眠
木杖沉入江底还是梦里
遥远的友谊和川流的数据
哪个能让心头寻踪的希望之火
锻造出一段越窑青瓷瓯乐的敲打
指引慈溪满山遍野的情谊等我回
北方的游子啊
认领回挺立的灵魂，我才会上路

老家河长，每一寸波光都在看你
欧月和铁线莲点亮你的花路
每一枝长刺的花茎都是你的手杖
你的领地，春光啄亮每一片黑瓦
每一堵白墙上都映过飞鸟的身影
你眺望春天的姿势像一江春水
而我，在水的下游
仰望开满月季花的天空

羽衣昱耀，春吹去复留
带着整个慈溪的宫商角徵羽
举起南方的箸根，奏响瓯乐
栲栳山在上林湖南微笑着颔首
只有它知道这根木杖对我意味着什么
领取它的时候，我领取了自己的肋骨
在长江上寻梦也许是它最好的归宿

原载《诗刊》2021年6月下半月刊

戛洒花腰田间

从梦境中切割出
一块桃花源
田泥软绵绵，冒着丝丝热气
它的温度来自魏晋
不知名的花从教科书里探出头来

盯着戛洒看
你会看到云贵高原上的雄鹰
看见满天繁星像云一样飘荡
看到音乐像雨一样滋润大地

花腰田间是戛洒的一个谜底
谜面涵养在哀牢山的脉络里
戛洒江水流向东南西北方向
这是一种怎样的风潮
和来自古滇国马队的铃铛同频共振

在海拔两千多米的梯田上插秧
背倚着万里青山
飞鸟做伴，傣族舞旋律如闪电

花腰田间是秘境的一部分
当高原上的花齐齐开放
远行人在这里找到归途

2021 年 3 月 11 日作于云南玉溪

褚橙花开季节

广播里说，今天是植树节
我来到褚橙庄园
在漫山遍野的橙花里钻进钻出
梦想花开，星星碎了一地

你看不清每一株褚橙的模样
橙子树后还有橙子树
它们占据了哀牢山近乎虚构的区域
每一株橙都是另一株橙子的背景
它们是山的主角或云的陪衬

如今，褚橙早已名满天下
山脚，一位卖橙子的村妇
将太阳剥开了塞到我的手里
她的脸色黑里透红
好像在提醒我此时此地的海拔

我每年在路边摆摊
那个叫褚时健的老头，十分和蔼
偶尔会在我的摊前驻足

和偶经此地的汽车喇叭声
交谈几句

你们挑这么冷清的时节上山
难道是来看橙花的吗
橙花开得那么热闹
可惜只有山看见

我决心追寻一只蜜蜂的脚步
网罗哀牢山一小部分春光
涵养梦想，需要有存芬酒作药引
哪怕一丁点光明
我也会把它看成褚橙花

2021 年 3 月 12 日作于云南玉溪

拜泉的丘陵长满太阳

太阳的参照物往往到傍晚才会出现
一束光的生命比我们想象的要长久
海上的灯塔或者林子里的防火塔
映照太阳使它们变得深沉

大地紫铜色的灵魂
会被太阳光牵引而出
它似乎在下决心烧烤瞭望台
然后将天地的边界付之一炬

那些低垂的火烧云
其实也是太阳的一部分
将大地上所有的事物剥离
只剩下人间道路的躯壳
连同已经溺亡的点点灯火

夜已准备好黑幕覆盖大地
阳光似乎无处躲藏
那就找一片桦树林附身吧
与光孔对视

把自己看成一团天界的火

拜泉的丘陵长满太阳
必须登高才能俯瞰大地
岁月的裂缝，裸露的早晨
草和空气都有太阳的基因
一切都在升腾，连同你的嗓音
会在太阳的映照下现出原形

2021 年 4 月 4 日作于北京

向东挥洒
——写给北京大西山和永定河

向东挥洒
这是一座山和一条河的亘古约定
这是一座山和一条河的千年坚守
向东挥洒
这是祖国壮丽河山的昂扬姿态
这是大西山和永定河的不朽传说

有人说，大西山是大北京的百宝山
它所蕴藏的矿产、文化难以计数
它所昭示的精神就是我们民族的图腾
有人说，永定河是北京城的定海神针
它所滋养的文化就是我们民族生生不息的象征

永定河是一把光束
它分发黎明、播撒梦想
给城市和乡村
给历史和未来
它的故道就像一条条血脉
遍布北京城的每一个角落

人们在它的故道上建园、建村
建成世界上无比辉煌的宫殿
建成北海、中海、南海……
拓展着人类对于海的无穷想象

永定河源自太阳
它一路奔流，一路发光
在华北大平原，它与黄河并驾齐驱
神州大地，水系发达、河流众多
哪一条河能像永定河这么幸运？
它出高山，入平原，进庙堂
像一道传檄万里的闪电

多么幸福啊，永定河！
是你荡漾了北京城的每一个日月
是北京城成就了你的梦想
那么多依河而建的名胜古迹
是你向东挥洒时泼溅的墨珠
香山双清别墅所铸就的光荣
是大西山的另一种存在方式

向东挥洒
用太行山的余脉研墨
用桑干河上的阳光作笔
进入北京境内，也就进入了中华文化的腹地

左边，渤海和黄海的浪花催促着它
右边，太行山上的松涛应和着它
它携风雨，擎雷电，带动了满天的云彩
它把这场太行山的压轴戏
演绎成风起云涌、如歌如泣的民族复兴乐章

你看，那从云中发端而来的山脉
你看，那在前面为它引路的黄河
你看，那耸左为龙的泰山，耸右为虎的华山
这是绵延千里的太行血脉偾张
这是天地造化的临门一脚
如果从太行余脉一直往前追溯
可直抵昆仑的顶部
那是伟大的龙的图腾、我大中华的精神脉搏

北京大西山
是五千年文明史中的最高潮部分
它委托一条河流
将自己对中华民族的热爱
平铺于北京小平原之上
这是多么无私，多么深沉的表达！

大西山是一座百宝山
千百年来，它为北京城
奉献了自己的躯体和骨骼

它为北京生活的日常输送源源不断的煤
它为美化百姓生活奉上了五彩的琉璃
它倾己所有，以山石铺路
以木材构造连天的广宇
它忘记了自己是一座山
它的慷慨和无私写在北京城的发展史上
它与北京城扯断骨头连着筋啊

向东挥洒
从马致远的小桥流水人家出发
从贾岛的"云深不知处"出发
让法海禅寺内精彩的壁画开口说话
让山门前那两棵千年白龙松见证
让铭记峥嵘岁月的首钢旧址
为我们复原大西山的血脉和记忆！

向东挥洒
如一轮喷薄而出的朝阳
在历史的纵深处一路高歌
太行山余脉与燕山山脉在南口关沟携手
共同作出一个"比心"手势
是的，它是在"比心"中华民族的伟大复兴
"比心"这个新时代的壮丽辉煌

2021 年 8 月 10 日写于北京

宁波：人类在东海边筑巢（外一首）

人类，在东海边筑巢
需要有整个春天酿成的思绪
需要有海浪一样浪漫而且绵长的梁柱
需要请凤凰吹箫
招来百鸟和百花
然后，人类和万物一起浮出海平面
在这个名叫"宁波"的城市
放飞百鸟，播撒百花
让它们各自占领属于自己的领地

于是便有了那么多美丽的社区名字：
丹顶鹤、紫鹃、白鹤、黄鹂
常青藤、牡丹、梅园、桂井……
在这里，人类居住的痕迹
像月亮上的桂花树一样古老
宁波人，是一群海滩上五颜六色的贝壳
他们从海底上岸
选择在有花影有树荫的地方栖居

这里盆栽众多：海棠、芍药、兰花

是谁，把它们放在一起？

又是谁，喝令它们在同一个时辰开花、结果？

这里每天都在嫁接春天、铺陈黎明

这里离东海很近，树木深广

这里楼道逼仄，旧时光充盈

这是一个双休日，与往常一样

安静，热烈，海平面悄悄升高

一个个故事在社区老楼道里演绎

每天，每夜，老屋都在新生

这是丹顶鹤社区一扇神奇的墙门

打开共享客厅，进入楼道议事会现场

就像引东海水灌溉整个江南

共享客厅里那一杯杯热气腾腾的豆浆

就是我们父辈家长里短的青春

居委会大妈、社工、小巷大总理

她们呼啸而来，又转身离去

多像大海浪花的喧哗，一刻不停

展露着共和国许多故事的精彩细节

小巷大总理

宁波，用赤橙黄绿青蓝紫

给小巷总理们划分领地

让她们领取温度、色彩、自信和骄傲

然后奔赴自己的岗位，在蓝色的天幕下
她们的权力很小
只负责居民楼窗户边几盆绿植的摆放
几缕炊烟随风飘荡的方向
她们的责任无边无际
谁叫她们是东海的女儿呢

今天跑到东，明天跑到西
有时候，她们像是制作秤砣的小贩
以阳光作尺、道德作秤杆
衡量那么多鸡毛蒜皮的小事
接受定居者、旅居者、过路者的询问
子丑寅卯，写满了她们的记事本
雨夜里一声汽车的鸣笛
那是社区书记送孤寡老人上医院
双休日把小区架空层打扫干净
因为要引导志愿者服务居民

小巷大总理，让我叫一声你
当我与你面对面坐着
我想起了自己的母亲、姐姐
忘记了我只是途经此地的一片云彩
停驻片刻，偶然接触你的传奇
我羡慕这里的每一个人、每一棵树
每一片瓦、每一扇窗户

包括小区门口马路上的斑马线

我想走进长长的长长的小巷，在宁波
这浸泡在阳光和爱当中的土地
……

原载《诗刊》2021 年 11 月上半月刊"新时代"栏目头条

阳光流淌在浙江大地上

站在天荒坪余村
仰望满天云彩的流向
一句话，种下一个新村
无数的阳光部落正在全国复制
山杜英和桂花树
在钱塘江边吐露芳华
一棵银杏树，在金星旁伫立千年
你说，我们要对一棵树负责
风云际会于此，山水合拍
传说中的摇钱树
如今遍植于中国
每一个城市和乡村

芬芳的花瓣摇落
有一种青绿色的语言
会让鸟和花听懂
会让风和云会意
那么铿锵有力的春雷声
在祖国东南的群山之间久久回荡
这里靠海、靠江、靠山

更靠近太阳啊
温暖、幸福和朝气写在每一个城市的脸上
杭州、宁波、温州，嘉兴、湖州、金华……
每一座城都是一块发光的璞玉
在钱塘江畔列队成阵
它们接受风的检阅、雨的洗礼
发展壮大成为阳光的一部分

1921，嘉兴南湖，红船
那是中国历史上一个无比发烫的坐标
所有的湖水都成为阳光
它们所承载的红船就是一轮太阳
烟雨楼所在地，海拔一再升高
那是让人仰望的精神高地啊
由南而北，阳光流淌的地方
所有的城市和乡村都成为金色的麦浪
起伏的是激动的心情
翻滚的是时代的强音
新时代的春风
从历史的深处吹来

春雷在田间地头留下深深足迹
春风所擘画的蓝图
早已深深扎根于这片热土
一扇扇春天的窗户次第打开

山川和河流渐次苏醒
阳光，如烈日熔金
流淌在浙江大地上
将这条中国最长的海岸线
镀成民族复兴的黄金大道

捻无数束阳光作绳
将一颗颗海上明珠穿起来
成为连接世界的桥、奔向幸福的通途
阳光覆盖舟山群岛，一遍又一遍
春风像是一位大自然的油漆工
用阳光作为涂料
将一座座跨海大桥首尾相连
它自舟山启程，穿越里钓、富翅等四岛
从宁波镇海登陆
绿了江南岸，繁荣了华夏大地

阳光所经之处
是万年上山的河床
是深沉、内敛、开放、包容的浙江精神
是从河姆渡和跨湖桥急驶而来的独木舟
是数字乡村振兴建设的时代号角
从枫桥经验到平安浙江
从一站式到集成式服务
浙江，吹响了阳光的集结号

阳光流淌进春天的腹地

都说水是财啊
国家数字经济创新发展试验区
是浙江的八大水系涵养的吗
在长江三角洲南翼
浙江的红土地和黄土地
在蔚蓝色的东海边
正在演绎新时代的传奇
让乡下的风往城里跑
让城里的云往乡下飘
打好绿水青山的底色
找到山与海的衔接点
"八八战略"的宏伟蓝图
已成为风的旗帜、云的高标

这里的平原一望无际
这里的丘陵连绵不绝
这里的盆地承接着万年上山的文明
金色的阳光是跌宕起伏的音符
是从温岭登陆之后迅速壮大的世纪曙光
你看，宁波象山中国开渔节
万船齐发，那是太阳派出的使者
每天，都有无数的阳光在这里集结
这里的风都是绿的

这里的每个村庄都是人类的乐园
这里的云是红的
弄潮儿向潮头立，手把红旗旗不湿
阳光流淌的姿势，使人想起钱江潮

绿水青山，是这个春天的底色
创富故事像江南的春潮一样涌来
来吧，来钱塘江畔听涛声吧
每一个中国人
都应该来到这里，感受
钱塘江独流入海的气势
鲲鹏水击三千里
组练长驱十万夫
倾听高亢嘹亮的之江新语
阳光，刷新了整个世界

原载 2021 年 8 月 14 日《浙江日报》

象山三章

一、我们都是海洋生物的亲族

象山渔港
渔民们直接把船停在了陆地上
那么密集的住宅小区
围着海港而建，它们是船和海浪
另一种存在的方式

我在高高的桅杆上
看到儿时的炊烟，蓝色天幕下
迎风飘扬的旗帜，列队成阵
使我想起孩提时代
屋后园那一片遮天蔽日的紫桐花

中午时分，我带着母亲来看海
喧嚣的海水平静下来
仿佛它们都是母亲的孩子
路灯光照耀着母亲的背影
也照耀着故乡平畴万顷的田野
八十岁的父亲，紫檀木拐杖

使我想起往事

我想把这一片海
拉到床头来作枕
抬头仰望，天上明月消遁
此刻，母亲就是象山
她从长满桂花的
山坳出发，启明星
一直照耀着她

我用练习了半个多世纪的方言
叫母亲出门来看海
汽车向东奔跑了三个半小时
每经过一个隧道
母亲就在车上喊一声
又一个山洞，这山洞好长
我说，海就藏在这无数个山洞后面

我想起我的外祖父名叫海滨
母亲一辈子不食鱼虾
想必我们都是海洋生物的亲族
深红的铁，打造成无数双海鹰的翅膀

年轻时，母亲居住在大山深处
年长时，她随父亲迁居平原

后来，我外出谋生，母亲和父亲
守着老家屋顶那一片紫色的星空

三月，紫云英翻腾着田泥
春天生动而饱满
那时候交通不便
我们在田间播种、插秧、侃大山
也偶尔挽着裤管坐在田埂上谈论大海

在重重山峦的那一边
象山人用越州青瓷驯化野生鱼类
象山人在鱼拓上印刷五彩的梦
他们把鲨鱼的骨骼拆装、重组
在山脚下建馆立舍
展示赶海人的丰收和愿景

二、感恩大海就给海放生吧

感恩大海就给海放生吧
就像这一队手捧大海的童子
这一队渔姑渔嫂的跪拜
这一队光着膀子端着酒碗的汉子
在古老而高亢的祭海乐曲声中
他们相信，大海一定在围观并且倾听
这个序属中秋的季节

人类和海洋生物远去的梦境
是大海遗世的一片波涛

渔民们赶着猪和羊出海
他们，是大海的牧民
他们在波涛上放牧
用桅杆追赶着鱼虾和海浪
而石浦港
像极了草原深处一个庞大的驿站

母亲说今天天空很好
皇城沙滩乐曲纵横交错
山们扯开喉咙
北纬三十度，今天聚集了许多星星
准备擂鼓的渔嫂，衣着光鲜
手指上缠绕着金色阳光
年复一年的中国开渔节
春风脱离了季节的羁绊
从人类和轮船的头顶吹过

主祭者神情肃穆
他代表众生发出指令
每一艘即将远航的渔轮
都披红挂彩
像一个个喝醉了酒的汉子

流传了千年的渔民号子
是平地雷、流星雨
那些穿越时空的呐喊
高亢之中，有一些缠绵

象山人的祈愿
以海盐的形态出现
山是隆起的海，海是陆地的衣襟
石浦镇的船老大，准备了一阵飓风
他的弟弟在海边路上驾车
跟随着他

七十五岁的母亲第一次见到海
她的脚步酷似象山街头摇曳的丹桂
她的脉搏仿佛来自大海
半岛渔民都是上苍的宠儿
他们的服饰是用大海深处的
蓝色波涛裁制而成
石浦渔鼓，春雷敲动大地
海神庙成为我们的必经之地

海的馈赠经年累月、每时每刻
向大海鞠躬吧——
一敬酒，祝福海洋
二敬酒，波平浪静

三敬酒，鱼虾满仓
跪拜大海吧——
一跪拜，出入平安
二跪拜，一帆风顺
三跪拜，满载而归

象山人在下一盘棋
用唐代海水煮盐炼的棋子
用宋代弦歌市购置的棋盘
在长江三角洲的南部边缘
象山人为中国打开一扇窗
象山人的视野无边无际
他们的目光与蓝天蓝海同一色系
象山人一直在用渔光曲哺育后代

三、石浦人把海神庙种在山顶

我拉着母亲的手
穿过石浦镇潮起潮落的街巷

大海有些旧了
象山人一直在用歌声和目光
打磨海、这块祖传的宝石
月光落在沙滩上
像飘满金黄色树叶的深秋院落

父亲拄着拐杖
来到大海跟前
要我拍一张他和大海的合影
当年，他去建德砍柴烧炭
在用砖石垒成的祭台前祭拜山神
如今这祭拜海神的仪式
仿佛就是从当年的山上搬来

打开半岛酒店的窗帘
也就打开了后半辈子的东海
母亲和大海、石浦和浦江
我想，这两者之间
一定有隐秘的内在联系
我和父亲从小耕种的地方
曾经是大海的底部
抑或是某一颗陨星的表面

石浦人把海神庙种在山顶
邀请我上山
我在山上看到了虚无
看到了怀抱着大海的山脉
粗壮如虬枝盘曲的香樟树
我想，如果我从这里走向未来
象山一定会像山一样跟随着我

开渔节的观摩券已被剪去一角
万船齐发，海水溅湿了央视屏幕
天宽地阔的新时代徐徐开启
诗人若凡偷拍了我和大海的背影
在铜瓦门大桥眺望渔港
人类居住的地方都被镀上了红色
此刻，我希望自己被大海放生

2020 年 9 月 16 日初稿于象山石浦，9 月 18 日改成于浦江。
原载《光明日报》2020 年 10 月 16 日 14 版，题为《象山象山》。

想念一轮明月

在厦门，我想念一轮明月
白鹭从月亮的边缘飞来
站在洪济山云顶岩看大海
就像在泰山顶看群山
中欧班列
是厦门人放飞的一群白鹭
它们的征途纵贯欧亚大陆

在厦门，我想念一轮明月
在桂花盛开的江南腹地
月光皎洁，银杏树叶金黄
南音阁里的弦管从泉州流出
我在月光曲里听见杜鹃鸣叫
就像一朵花和一只鸟在空中相遇

在厦门，我想念一轮明月
想念菽庄吟社的枕流石
我看见百年修禊事、液态的诗
城在明月照耀的海上构建
海在明月照耀的城中出生

厦门，是人类用智慧构建的城

在厦门，我想念一轮明月
厦门人关心万里云涛
关心祖先邮寄的锦书
会从哪里进港、登陆
他们把海当作水稻田
耕波种浪，捕风捉云

三角梅、凤凰木
满树火红
那是厦门人在向未来传递火炬
厦门人的月亮是红色的
厦门人用闽南方言与世界对话
用蓝色烟波锻造的金砖
书写合作共赢的故事

厦门人用美的眼睛看世界
他们相信
美，是从这里发源的

原载 2020 年 11 月 16 日《解放军报》

云顶路是厦门人掌纹上的爱情线

厦门人每天踩着清风去上班
他们的目光具有穿透历史的力量
他们的身材如南方春天里的紫燕
他们躬身骑车的姿势
使人想起远古的骑士
连绵无尽的海岸线托举着他们
他们的眼眸都是深蓝色海水做的
他们的航标是东海潮头跃升的红日

厦门人经常保持滑翔的姿势
也许他们曾经是鹰鹏家族的分支
全球最长的城市自行车道落户于此
升降自如，畅通无阻
这是一种怎样的生活体验
厦门人的幸福图标是启明星
让所有的人抬头仰望
骑行时，厦门人不但带着风
还带着阳光、雨露和骄傲

在这座厦门人祖祖辈辈亲手锻造的

城市上空骑行
厦门人就像一排排海浪
高高扬起，俯冲而下
每一个厦门人都是骑士
他们青春、高贵，灿烂、多情
他们骑行时
有成群的白鹭从大街小巷飞起
有无数的三角梅迎风摇曳

云顶路是厦门人掌纹上的爱情线
这条高悬于空中的绿色绶带
随时准备给勤劳、勇敢的厦门人授勋
和谐、绿色、宜居、开放
厦门的四季都是绿的
滩涂、海湾、池塘、林地
它们是厦门城市公园的前世
白鹭、鸬鹚、黑天鹅、栗喉蜂虎
它们与厦门人比邻而居
朴树、相思木、落羽杉、凤凰木
它们是厦门的土著居民
五缘湾是一个避风坞
厦门人都是东海的儿女

空中自行车道是一个天才的创意
它使厦门与天空对接

独立的骑行系统
连接的是鲜花、雨露和云朵
精密的钢箱梁结构
衬托的是广场、学校、公园和大厦
仙岳路、金湖路、枋湖北二路
空中自行车道衔接的不是路
而是过去、现在和未来

双向四车道、调度升降梯
厦门人在人间烟火和云层里穿行
三万多吨的钢材、高架全长近八公里
使人想起虬枝盘曲的紫藤花
那是春天的一个坐标

骑行路上的厦门人才是真正的厦门人
他们的笑容如云朵般轻盈
他们上天入地的本领
点化在每一个寻常的日子里
蓝的海、白的云、红的三角梅
拥有这三样
厦门人的幸福指数已经爆棚

有人说，厦门人像潮汐
早上潮起，晚上潮落
厦门人不但代表海和风

也代表太阳、月亮和星星

他们都是夸父的后代

他们奔跑的姿势使我想起海浪

想起古老的舟楫和坠落海底的流星

我看到凌波的海燕、低垂的云层

风雨骤至，阳光倾泻于城市绿地

百鸟欢鸣于少年时的田垄

群山在左，大海在右

原载 2020 年 11 月 8 日《厦门日报》

兰溪人用五线谱给河流造桥

我是你三十年前放飞在中洲公园的风筝
江水一直在流，我一直在天上飘
淡蓝色的天空一直在试图为兰溪注解
近江，远山，桥那边正泊岸的游艇
仿佛是从蓝色花苞中脱胎而来的星星

兰溪人用五线谱给河流造桥
用兰花吐露的芬芳计算方位
那么多的弧线，是太阳光芒的一部分
兰溪人的计时方式只有"三日"
春日、花日、雨日

兰溪人是桃花和春雨的亲族
他们选择在半夜鲤鱼上滩时做梦
兰溪人都是李笠翁笔下的人物
他们在六水之腰淘米，做饭
他们柔软的语调覆盖了江南的山脉

西塞山前的白鹭飞了又飞
兰荫深处，芥子园的亭台楼阁

是从李渔家戏班前台驶出的渔船
雪涌紫霞，马公滩上白云出
兰溪以良宵给夜晚命名
四面环水的中洲啊，是兰溪人
流放给未来家国的一艘船

2022 年 1 月 5 日作于北京

第二辑　迎春门前听春雷

故乡以太阳为江

故乡以外的地方都是寒冷地带
故乡以外的地方都在春天之外
春节
我寄存在故乡的脚印开始发芽

紫燕翻飞，旋涡令我深陷
纸鸢逐云，气流使我迷失
飘摇啊，少年的心事
沉醉啊，泥墙包裹的旧时光

有的距离无须用脚丈量
心里一想，你就出现
有的故事像星星一样
乡情更无法车载斗量

故乡以太阳为江，名曰浦阳
故乡以月亮为泉，名曰月泉
而我，是一滴随时蒸发的水
以一万年为沸点
面向东海，看白云归来

原载 2018 年 3 月 27 日《作家文摘》

我相信，迎春门

我相信元修姑娘是从这里进城的
她的身影迄今仍镶嵌在城门之上
起云的时候，整座仙华山都是她的投影
起风的时候，整个春天都跟随着她
去往东海的千帆每天都停驻于此

我相信这是把守春天的一扇门
青石砌成的墙基托举着万家灯火
一对古老的石狮子，是太阳的使者
它们护送星辰归位、月泉回家
坐化于此，成为整条浦阳江的门神

我相信这是神笔马良的封笔之作
他说画金画银画珠宝不如给故乡画一扇门
打开它，就能看到无边的花海和稻浪
看到发源于天灵岩南麓的春潮
看到后世子孙的丰收和平安

我相信从通天楼走出来的倪仁吉
神笔马良一定曾托梦于她

这位自号"凝香子"的奇女子
在迎春门上画下播撒光辉的句芒
从那时起，浦江成为青帝的故乡

2022 年 2 月 2 日作于北京

所有的人都记得这一天

所有的人都记得这一天
朝着家的方向，穿越重重山林
这一天是游子归乡歇脚的日子
红和白是这一天的主角
孩子的心愿和大人的期盼是红的
祖祖辈辈睡梦中的彩头是红的
当白雪覆盖所有的往事
泥墙黑瓦在这一天捂紧耳朵

掀开蒸笼，白色水汽沸腾
蒸煮的馒头全都被盖上了红印
母亲的颜料采自上世纪的秋天
老宅围墙的走向呼应着远方的春水
山高谷长，春天呼啸而来
雨水浸染着老宅的年轮
年复一年，游子回望
青砖砌成的图腾开始晃动

巷口，老墙上长出一排红灯笼
一些温馨的细节在风中摇曳

我只有在登上石阶时才能分辨节气
二月，紫燕们在等待回家
蜜蜂们停驻在老舅母家的窗台
收割的日子平凡得像一缕炊烟
我的梦，在旧时的村庄生出棱角

2021 年 2 月 9 日作于北京

八月，人烟稠密

乡路无尘
红色柏树支撑起尘世的路面
厚实，稳重
一如乡村大伯的肩膀

八月，人烟稠密
树影招摇着山间明月
万物生长，乡路如弓
昨夜的星辰滞留于老家老屋

乡路啊
让我握紧你手心的乡愁
握紧满垄的庄稼
还有辉映在朝露上的太阳影子

我途经此地的时候
绿色恣意纵横
它们为万里晴空写下译文
让我在这里找回和平和安宁

许多许多期待的事物
填充你心房中空虚的部分
被放逐到远方的游子啊
找到乡路就找到还乡的密钥了

大地宽广
杜鹃花开遍的山谷，叫故乡

2021 年 8 月 3 日作于北京

泉做的月光昭示着丰安梦想

这个牌匾后面到底深藏着什么
是书声和月光的交响曲
还是飞蛾扑火的光明
千年老墙会说话
发黄的诗卷里收藏着繁星

起雾或下雨的时候
木结构的牌匾会冒出热气
镌刻其上的字会像龙一样飞出
内中缘由无人可以叙说
种子在开春时一定萌芽

以月为泉是上天对故乡的恩赐
以诗叙事是祖先对子孙的开示
做这牌匾的木头取自深山
溯水而上，那里的竹筏列队成阵
那里的文化像山泉一样久远

牌匾背后的故事囊括了所有的乡愁
牌匾之下，越长越高的花丛

每天都在展示书院的青春
鱼鳞状的黑瓦像书本排列
紧锁的门楣在等待春风开启

并非所有的高地都值得仰望
以书为名的院落像海一样深沉
途经于此的鱼类得到欢喜
泉做的月光昭示着丰安梦想
贴近牌匾飞翔的星星是诗的别名

2021 年 8 月 10 日作于北京

观赏瀑布也是一种挥霍

雨的旅程没有重重关隘
它在天地间来去自由
把守天门的河神请了长假
喧哗的河水忘了回家

专注看水是一种幸福
它们洗涤尘世的所有事物
将心房的内壁粉刷一新
让你的眼眸注满全世界的疼痛

我在水的对面坐下
以一头晚归的水牛作背景
想象那一块黑色的巨石
如何在尘世偶露峥嵘

瀑布是雨表达爱情的一种方式
在往事筑就的河床上奔流
水乡的房子和田野
是一种坚强的生物

雨降落，整个世界都被沦陷
我看水时，紫燕翻飞
眼中有平畴万顷
紫云英招摇在童年的梦里

有时候
观赏瀑布也是一种挥霍
如同水花飞溅在钟摆之上
我睡梦中的故乡忽近忽远

2021 年 8 月 9 日作于北京

所有的岛都飘浮在空中

在拍摄通济湖时
我猛然发现
原来我们在天上
所有的岛屿都飘浮在空中
鱼类以鳞作羽,在太空翔游
要把往事都装入镜头并非易事

当人们习惯于在水边生活
一棵树的四季、一艘船的晨昏
那些被我们辜负了多年的波浪
以及在梦中渐行渐远的星辰
此刻,随着湖面波光
依次排列

如果把一座岛屿的剩余部分都删除
只剩下各类树木参差不齐
只剩下各种波浪随风起伏
我会想起童年的桨声
以及那一段顶着镢头潜泳的往事

邻村的母女，红色的铁皮船
且渡到对岸的枇杷林中去
父亲年近八十，依然耳聪目明
额头皱纹里洋溢着属于他的青春
梯形的山岙里有我出生时的秘密

有一座岛屿被叫到眼前
船尚未驶离岸边
八角凉亭上镌刻着多副楹联
棕红色的游步道穿越时空而来

看到通济湖时
我省悟了自己的诸多人间事
千年之前，祖先移居于此
买下了眼前所有的山林
将每棵树都馈于后世子孙
还有那一道永不干涸的月泉

2021 年 8 月 15 日作于北京

雨和门是对历史的一种呼应

雨，无休止地敲打
这一扇门，晴天时它充作人间装饰
雨天时，它想回到森林里去
它的纹路与庄稼、田园和远方
有着某种隐秘的关联

遮风挡雨的时候
它并不觉得自己有多伟大
烂了，裂了，成为一块无用的门板
它依然选择挺立
一如很久以前的春节
它的身上贴满红纸

老家老屋的雨声和别处不同
雷电做的沟壑
将斑驳的日光深藏
祖先用制作瞭望台和箭镞的手
连接昨天的风云

残缺的山河会变得清晰

整条山脉在日复一日的敲打中苏醒
很多时候，雨和门是
对历史的一种呼应
浩瀚松涛中有一只飞翔的雉鸡

天子文山下波影重重
我知道故乡是不需要名字的
那些深陷于门板上的雨痕
活得太深刻，而我
只能在返乡途中
给它匆匆一瞥

2021 年 8 月 16 日作于北京

在天上挖一口井

在天上挖一口井
用来汲取满天的云白和天蓝
其实，人世间所有的井都高耸入云
也许你并不认识它
洋铁桶、木桶、钩担
桶在井水中荡漾，又收拢回去
蓝天，总是在汲水的瞬间被打碎

如果水井是烟囱的前身
那么从地底里冒出的清泉就是白云
与井水时时照面的童年就是飞鸟
那么多砖石砌成的井壁
是旧时之书，可见而不可读

世上的清静之地有两处
一为烟囱高处，二为水井深处
打水声直抵人心的内核
炊烟被压缩成历史的印记
我们不认识大地上这么多事物
譬如说陪伴你童年时光的水井

井沿能代表水井的全部吗

偶尔从烟囱旁边飞过的鸟
烟囱在它眼里也许就是一棵树
我们都曾窥探过井的内壁
湿滑、明亮，有些许青苔
让你猜想天地间的奥秘

不知何时，大量的烟囱被废弃
作为旧工业的遗存
烟囱的功能被拆解
分发给原野、村庄
昔日的辉煌随风而逝
无人问津的从前只剩下影子

看到烟囱我忽然感到寂寞
心情荒芜，与水井相同
如果说烟囱曾是骄傲的地标
而水井的低调、内敛
一如我久经风霜的母亲

生肖属水的井啊
生肖属火的烟囱啊
那是人类标记生命的一种方式
我梦想能在天上挖一口井
存储关于人类文明的所有记忆
……

2021 年 8 月 23 日作于北京

嵩溪是一个可以折叠的村庄

嵩溪是一个可以折叠的村庄
在广阔平坦的谷地之中
折梦想作乡村的黎明
叠愿望成正在奔跑的溪流
在村头高扬水稻的灌浆声
在后山铺陈成片的杜鹃花

嵩溪村是一只折叠之后放飞的鸟
沿着溪水指引的方向飞
头戴鸡冠岩，脚踏大青尖
展翅高飞于挂弓尖诸峰之东
它所俯瞰的平原都是它的领地
它所背负的阳光每天都在发芽

村庄的折叠之痕化作两道彩虹
穿村而过的溪水来自天上
孩子，你是用折纸船的手
在折叠这个村庄吗
你看那高耸的屏山、溪桥的月色
你看那东壁的石斧、西岭的秋阴

嵩溪，八百年大椿等于你的年龄
那隆起的山脉正是你的掌纹
你奔流的姿态多像蓝色的炊烟
每一缕都在诠释你
多彩的生命、不朽的图腾

在嵩溪，每一滴雨都是一片黑瓦
每一个黎明都是一首诗
嵩溪村被折叠的时候
上山堰的溪流开始奔腾
月泉吟社的诗篇正在诵读

看太阳折叠于山坳之中
见月亮隐匿于屋檐之下
乌浆山上所有的树都是松明
所有到过嵩溪的人
都在溪水里淘洗了自己的身影

2021 年 8 月 24 日作于北京

上山是一部天书

上山是一部天书
书脊朝上，阳光每日轻拂
封面和封底袒露在大地之上
书页厚重，内容深不可窥

万年前那一颗金黄的稻谷
是从书中飘落的一个标点符号
深埋于地下的太阳
被黑色而坚硬的谷皮，紧紧包裹

小时候我是一个放鸭娃
赤着脚在高山和溪谷里跑来跑去
手持一根长长的竹竿
指挥月亮从上山堰爬上爬下

长大后我成了一个文字匠
写书编书看书卖书
鸭子们全都成了我书中的文字
探头探脑，像上山上的蒲公英

人间万物都是从上山采集而来
薪火，日月之光，漫天云彩
结绳记事，记录的是天光和雨露
上山人放牧这部天书里的章节

他们登高而歌，逐水而居
他们以水稻分行，以彩陶宣示富足
上山堰是这部书的筋脉
神秘文字在江南峡谷里势如破竹

扉页彩图是仙华山的投影
书中插画是浦阳江的日出
祖先赋予上山五色意蕴
子孙们在稻花香里阅读这部天书

2021 年 8 月 30 日作于北京

神丽峡的水来自哪里

神丽峡的水来自哪里
它和太阳岭和月亮湾互不关联
与通济湖和仙华湖没有交集
在连绵无尽的群山之中
一定有先人未曾涉足的土地

神丽峡的水日夜奔流不息
是烈日熔金的余焰
是落霞化作了长溪
山上每一棵树都是一个接口
天上水和地下水在地底下交融

南山之中这一条狭长的山谷
藏匿着多少神奇的传说
小时候我曾跟随父亲进山砍柴
扁担、钩刀、稚嫩的肩膀
童年时饱尝生活的艰辛

远去的溪水浇灌着九州万方的土地
眼前的溪水依然奔流不息

偶经此地的孩子啊
你可知这进山和出山的道理

横塘的莲藕熟了
白石源的樱桃早已不见了踪影
巧溪滩上堆满了月亮
白石湫云重读早逝的青春

会干涸吗？这不知疲倦的水流
会隐遁吗？这漫山遍野的杜鹃花
神丽峡的水来自哪里
故乡人的眼眸清澈无比

2021 年 8 月 31 日作于北京

仙华巨石阵猜想

你我同处一个空间
却在不同的维度
看到的景象能一样吗

你永远无法理解这个规模浩大的石阵
那非雕非刻的文字或者图案
人造还是天生已不重要

花纹繁杂的脸孔
大鸟状圆形的巨眼
它们紧盯着这个遥远的未来

牛的蹄印、虎的斑纹
史前先民的遗存
人类的终极想象
无法启及登高山村的这一片梯田

兀然耸立的楔子形巨石高达数米
巨石上那些形态各异的符号
也许是宇宙中某一通道的航标

以金牛石作为向导
以鲲鹏睥睨天下的雄姿
想象数十亿年前那一次排兵布阵

所有的石头都巨目圆睁
所有的山风都自带火焰
所有的洪流都遇石而止

让巨石阵和仙华山一并留下吧
这个古老的谜
永远不要开启

2021 年 9 月 6 日作于北京

没人测试过白麟溪的水温

没人测试过白麟溪的水温
它达到人类能想象的最高沸点
水的颜色一定是暗红
那是民族气节的一种暗喻

江南第一家
是白麟溪水久久为功的浇灌
迄今仍在水中翔泳的锦鲤
不是梦，是祖先生动的昭告

像江南竹一样虚心劲节
像玄鹿山顶的巨石一样坚硬
春风桃李，唯白鳞溪流向是开

有人说白麟溪的白
是因为瑞雪飘飞在溪水之上
每一个丰年都可以清廉冠名

我在北方的白露时节
想象白麟溪的十桥九闸

遥望名冠江南的苍劲古柏

羿射九日与九世同居有关吗
孝感泉是一门尚义的引子吗
白麟溪水一直在升温

一股高过地平线的溪水
在阳光的托举下奔流
不舍昼夜

2021 年 9 月 7 日作于北京

望见万年之前的山脉

上山的时候，一定可以望见云
望见城市和村庄
望见万年之前的山脉
它们高耸且连绵
犹如上古稻浪的投影

我望见这一切
如同望见从天边打马而来的信使
他想传递什么
隔着重重山脉，有人听见
破译上古文明的哑谜
像风一样飘过

村庄是鲜活的，它们
在湖泊、田野和绿树中间游走
在无边的稻浪里泅渡
白云覆盖着山岭
连同依岭而建的村庄

上山，是一位深藏功名的先哲

一条堰坝经过山坡
初秋，千万缕炊烟升起
大地之上
无数双制作彩陶的手
像森林一样，高举

2021 年 10 月 18 日作于北京

这是江南水乡的一个横断面

它只生长在墙面上
那斑驳的树影
是墙体向世界表露的心事
春天里开花，秋天里落叶
墙记得，风和雨也记得
这是一种多么坦率而直白的陪衬啊

这堵墙存在的时间已经很久了
树们在它面前表演生长史
一棵树开枝散叶
一棵树开花结果
还有一棵树心甘情愿地
被紫藤缠绕
在行路人不经意的注视下
随风摇曳着一生

这是江南水乡的一个横断面
也是我向夕阳递交的一份申请书
落叶归根，根在墙脚
从墙脚出发去往广袤的大地

花香会一路相随
边关明月会在头顶出现

这是我为春天准备的一道敕令
令高耸的山谷为你让路
令沙雅和巴楚的胡杨集结
令北国星光直抵故乡的瓦背
你站在春天的霞光里
深沉地，冲着我微笑

　　　　　　　　　　2021 年 10 月 19 日作于北京

我们对远方的理解还很浅薄

我们对远方的理解还很浅薄
一条望不到尽头的路
一群飞过天际的鸟
一个遥不可及的梦想

我在大海的边缘仰望故乡
那天上的星星
可是你册封的王
它们在秘境里集结待命

偶然相逢的萤火虫是一个信使
它告诉我，不必焦虑
原野枯荣、江河迟滞
来年的春风会唤醒一切

当朝霞落进了林间
远方会来到你的身旁
像故乡溪旁的梨树林
开春，母亲在后塘淘洗家什
白色梨花覆盖了整个江南

2021 年 11 月 8 日作于北京

我想象冬天的时候

我想象冬天的时候
冬天就来了
结冰的往事还留有余温
我的思路被大雪阻隔

南方的季节有些紊乱
暖湿气流在旧门前徘徊
母亲的菜园在与夕阳私语
我把自己当成冬天的假想敌
朔风安静得忘了归程

有些事在降温时会露出纹理
有些想念会变得和冬天一样深沉
请看这雪地里的车辙
从不计较方向或者深浅

不见绿树的山川是寂寥的
不见人影的原野是一张试卷
当水面和地面无缝对接
灵魂的影子也会被冻住

平缓的远山
沉浸在浅蓝的天幕里
我想象冬天的时候
阳光有一些曲折
道路有一些漫长

2021 年 11 月 14 日作于北京

一个人静静地回想

一个人静静地回想
那些开心的过往
每重温一次
往事便沸腾一次
那种只可意会的微笑
是窗外皎洁的月光
碰到人间的灯光它就融化了

有一种不知名的快乐
在他人身上，在他年的月光下
当你邂逅一段五彩的时光
如邂逅一个温暖的梦
像闪电触碰戈壁滩上的红柳
蔓延成今冬绚烂的花事

回味幸福的时刻
是甜，是暖，是东风西渐
你倚墙而立，所有的灯光
都定格在你的笑窝里

向南一隅平原上的脉动
向北一隅悬崖上的花朵

一个人静静地回想
如东海静静地回想长江
紫燕清点飞越重洋的日子
你微笑时
紫云英在万里之外
绽放故乡紫色的炊烟

当你陷入往事不能自拔
笑靥如童年的纸鸢
近在咫尺的天涯
成为神秘的窗户
深锁你青色的乡愁

2021 年 11 月 22 日作于北京

季节是如此深厚

季节是如此深厚
你的简约
是这个青绿世界的点缀
对于美，需要久久地观察
直至映入你的灵魂之中
阳光和树，鸟和人类
在平行的世界里
演绎各自爱与忧愁

此去经年，你在悄悄长大
放飞时轻缓
等候时沉重
听任时光像露水一样
在人世间蒸发
我的惦记如一颗沉重的稻谷
依然饱满，而且金黄

白鹭教授飞翔
似乎与人类学步相似
要把下一个春天想象完整

必须有白鹭在江南
必须有密不透风的柳条
编织那些难忘的岁月
人类所栖息的大地
又何尝不是一根枝条

时光流转在不经意之间
槐花树下，小西门站台安在
车流浸润了我的思绪
那是思念的水啊
那是被江南的绿
浸染了的乡愁

2021 年 12 月 27 日作于北京

第三辑　遍植草木驭光行

三月，由你来命名

三月，这个草木生长的季节
河流们自由畅快
春风们在杨柳林中穿越
紫燕们在南方的田野上低飞
你说远方的通知书要来
故乡的山峦会像海浪一样澎湃

是的。
这个三月由你来命名
我知道日历上的惊蛰和春分
对你意味着什么
我知道龙抬头和植树节
有着亘古不变的鲜活含义
我知道为了赢得三月的命名权
你付出了怎样的努力

从南到北
你的脚步声响应着钱塘江的春潮
你的目光鼓舞了天目山的松涛
你的旅程多么像风啊

从大运河到永定河
每一朵浪花都辉映着
你，驭光者青春的脸庞

从东到西
你的命名礼以太平洋作背景
从纽约州的哥伦比亚大学
到洛杉矶的南加大
从西雅图的华盛顿大学
到北卡罗来纳州的杜克
从哥大和宾夕法尼亚大学的奖学金
到央视校招终面通知书
传递 offer 的信使相约而至

是的。她们为应和春天而来
三月的命名者啊
请聆听春雷口授的密码
记住海燕飞翔的路径
在这个澄澈的黎明
请打点行装准备出发吧

接受你命名的三月
可以追溯到学军小学的海燕中队
追溯到文澜中学操场上的日出
人大附中校园内的凌云木

燕园里的花香和鸟鸣
就在刚刚过去的那个冬季
你叩开第 112 号托福之门

你的三月是一颗饱满的谷种
为了这一片绿色、和平的大地
你将播下希望的种子
看见了吧，那么多爱你的人
站在田野上眺望着你
他们目光温柔，充满信任
是的。未来的任何一天
都是三月的一部分

2022 年 3 月 27 日晨作于北京

一万道山岗被推到身后
——除夕夜怀大理兄弟

一万道山岗被推到身后
为眼前的彩色稻田和麻雀让出领地
大本曲演绎的故事情节在阳光下苏醒
荷花柚子花牵牛花齐齐开放
我想起十年前的归岛、前年的濑水
在山腰觅食的丹顶鹤
只在我与你交谈时出现

以梅为邻的人，翻越山岭
只为能找到一个安放乐谱的地方
安放你五千里路的风雨兼程
安放我的乡愁在你七彩琴弦之上
一万道山岗被推到身后
雄鹰叼来的洱海，坠落于苍山之麓

我们在千里之外谈论除夕
谈论大理的彩云、通济湖的晚霞
还有什么比游子的牵挂更让人动心
举头仰望，一片等待开垦的天空

琉璃蓝鹏飞来，红眉朱雀飞来
雨笼罩着你哪，春天呼唤着你

一万道山岗被推到身后
我洒扫山底的落叶、古道的黄沙
迎接你，用儿时除夕的鞭炮
还有屋后园紫色的泡桐花
我备下家酿的红曲酒，摆放十双碗筷
请天地入席，请炊烟、红纸归位
这一年一度的狂欢，一定有你
栖身高原的江南，我的兄弟

2022 年 1 月 24 日作于北京

写给衢州二中的罗汉松

植树人走进黄昏
满天的云彩覆盖了他的背影
在辽阔的南方，春水一直在奔流
树的领地安静得如烂柯山上的巨石
读书声是从天而降的鸟鸣
每天播撒在教学楼乌黑的瓦背上
一代又一代学子的脚步声
应和着树的年轮

没有人能拒绝树的生长
就像这罗汉松，生出八个分杈
召唤来自四面八方的风雨
学子们抬头看到树冠
阳光盛满青春的眼眸
在行进的途中，树向他们行注目礼
每天都有新的鸟鸣降落
它们和碧绿的树叶互致问候

罗汉松开枝散叶的过程
像读书声揉黏住散落于地的鸟鸣
他用慈爱抚摸远方的阳光
向上向阳的旅程似一簇浪花

四周的树荫有些迟疑
它坚定的生长如一支响亮的芦笛

鸟鸣被风刮走，花香留下
翻过山岭的白云
是罗汉松的远房亲戚
一群又一群，它们敲打窗户
千万双鼓掌的手、数不清的松针
解题人从树下穿行而过
他们都是植树人的子孙

青砖苏式小楼如刚刚靠港的帆
满墙的爬墙虎是一张青春的网
三棵高大的樟树把守着
罗汉松上面的天空
远行人头戴着隐形的树冠
他们如风般的脚步，带走了
这座大山青色的一部分

对于那个壮丽的未来
罗汉松是一支撑起日月的篙
植树人的身影已杳不可闻
留下一道哲学题
给留守此地的每一块砖石
……

2021 年 7 月 24 日作于北京

朱漆大门的暗语

朱漆大门的门缝是用来安置阳光的
阳光安息，远行人没有牵挂
新年的海报插入门缝
就像黑夜里插入一道红色的光
我触摸到时光的棱角
谛听这个时代响亮的足音

有时候粗糙也是一种精致的安排
主人将打磨它的任务交给时间
无须规划，也不需要什么仪式
直接用红漆把旧时光涂上
然后交给途经于此的风霜雨雪
交给远行人在夕阳下长长的背影

一切保留儿时的模样
阳光、空气和水
远去的车水马龙、身旁母亲的叮咛
当你怀念，时光也跟着怀念
当你的思想静止，时光也跟着停滞
刀耕斧凿的岁月折叠着一个问号

请将冰冷的门把手拉开

铁门开裂，阳光横冲直撞

老亲戚们在巷口高声谈笑

朱漆大门的暗语，你懂吗

飘落满地的银杏树叶，你俯拾了吗

一个多世纪过去了

远行人依然在路上

2021 年 1 月 18 日作于北京

当你网住太阳

当你网住太阳
你还想再网住什么
云路散去，星光依旧闪耀
在无数次的开枝散叶之后
思想深处只剩下原野、麦浪和云朵

当你网住太阳
盘根错节的往事也不会放过你
校园熟悉的小路恰似你的掌纹
走了无数遍了
紫色泡桐花摇落了一地月光
岁月啊，且敬你一杯如何

当你网住太阳
是否也网住了途经此地的星辰
整个世界都在你的手中
这是用蜡笔涂画的太阳啊
此去经年，少年的背影日渐模糊
那片桉树林在你离开后疯长

当你网住太阳
整个月亮湾都成了你的领地
苏醒的枯草、正在安睡的湖水
西天的晚霞辉映着大地
这就是静好的岁月啊
多像此刻在对岸拍照的你

2021 年 1 月 26 日作于北京

你说只要带上水

你说只要带上水
这一趟旅途就湿润了
我会带上你亲手编织的雪花
白得不忍心亲近
薄得看得见往事

我想，如果它在旅途中化了
那一定是它的宿命
滋润故乡久旱的田野
就像我眼底的晨雾
山峦连绵无尽，彩虹出现

我依靠你的叮咛过活
午时一刻，日光坠落我的酒杯
美食街是一个巨大的谜语
在阳光的罅隙里
请让我清点岁月的馈赠

你用目光浇灌我的每一道车辙
这橘黄的十二月

露、雪、霜、雾
忙着以水的名义播种
而我，希望看到整个天空
在旅途之上

2021 年 1 月 31 日作于北京

我们应该与春天签个协议

我们应该与春天签个协议
让玉兰花在窗台的左侧开放
让银杏树的树叶铺满你脚下的路
在湖边，星星定格在纸上

当我跟风学会了飞翔
与山水的距离
只剩一条之江
你说你出生时大雨滂沱
茫茫白雪覆盖了整个童年

如今我循着雪迹找到你
那些未曾融化的思绪
依然如初阳一样新鲜
很久以前，我们说同一种方言
打同一种手势
就连笑纹，也惊人地相似

从南到北，星星一直在天上
冬月十七，月亮很圆

那些洒落到你协议里的月光
是黄金家族的成员
橘黄、明亮、温暖
一如我在天街小雨的路口
撞见满天的栀子花

2021 年 1 月 30 日作于北京

它们和春天连着筋骨

世界上所有的根系
都是水撤退前遗下的
大海在远处喧哗
留下它的根系在岸上
与阳光对望

江和城是远古森林的一部分
它们和春天连着筋骨

很多时候
水的根系具有强大的张力
它可以打开一个世界
让遥远的梦想
在身边绽放

很多时候
我们应该俯仰于地看世界
城是水上的花
江是树上的枝
有几只鸟，偶尔飞过天际

2021年3月2日作于北京

进入雨神的府邸

是谁，把风景装入眼眶？
是曾经的春风和明月
是昨天的晨钟和暮鼓
约好一起看雨的人
不小心走进了春天的禁地
你睁大眼睛，睫毛上沾满露珠

千年之前，蓑草匍匐在地上
桥洞上的砖石尚未成形
马蹄声敲响中国历史的北部
那时候也有风和雨
只是风归风，雨归雨
你的季节在雨中调和

我知道你进入的是雨神府邸
从秦汉开始，雨一直在下
万丈宫阙是以雨作为根基的
很多时候，雨是一种奇怪的生物
昨夜，我与雨毗邻而居
成为护城河底的一株水草

2021 年 3 月 3 日作于北京

把一个偌大的王朝交给你

把一个偌大的王朝交给你
交给你穿过红墙的斜风雨
交给你曲终人散后的休止符
你身披透明的雨衣，气场宛若帝王

为什么重重宫阙都要为你让路
在你身后，我看到如山的典籍
看到雨帘中无边的马群
我试图解释你和昨天的关系
雨水溅湿了昨晚的梦

我的预言在见你之后苏醒
左手持南方，右手持北方
还有那隐在天幕之上的满天星斗
你用畚斗和扫把打理人间

很早以前，红门就已打开
一排静默的椅子等待你穿过
你的背影被一束神秘的光捕捉
每一次往返，都有雨见证

2021 年 3 月 7 日作于北京

我们都是大海的孩子

我们都是大海的孩子
滞留陆地的时间太久了
天上的云彩
每天都在警示我们
它们聚拢或者消散
借着太阳的光
照亮去往故乡的路

你站在桥上
整个南方便有了支撑
发达的水系是我们的兄弟姊妹
它们奔跑、追逐或者逃遁
这多像你呀
一心想着救援蓝天、保护星星

如今我离大海有一千公里
喧哗的海浪已将我淹没
像南方无边无际的胡柚树
咬一口柚果，满嘴都是星光
我知道朝霞每天都会来临

高耸的山脉会昼伏夜出

当松涛和海涛连成一片
黎明的光会抵达你的窗前
正在潜泳的春天
会找到古渡口那一叶扁舟
正在北方飞翔的杨絮
会选择在大海身旁降落

2021 年 5 月 19 日作于北京

有些事正向水里沉沦

有些人正从水里跃出
有些事正向水里沉沦
那站立在水底的往事
像森林一样永恒

风无数遍吹过
太阳出来了又落下
鸟也无数遍飞过
心田时而下雨时而起雾

我视线所及的疆域
是水一统天下的世界
我多想成为一只这样的鸟啊
翅膀在水里扑腾
灵魂在树桩上栖息

我多想成为这样的一阵风啊
像雷电一样掠过
没有踟蹰，也没有停顿
水在身上叠加成大陆

我心中的信使
如同这飞鸟一般
在超越人类想象的水域
潜伏在无边无际的梦里
我是靠近蓝天的星辰吗
等待成为救援的风

2021 年 6 月 9 日作于北京

你关注过一只攀雀的生长吗？

你关注过一只攀雀的生长吗？
人类每天都来去匆匆
对那么多美好的事物视而不见
譬如说一只雏鸟的生长
一个新鲜鸟巢由枯枝垒成

我梦见母亲饲养的鸡雏
一天天长大，羽毛五彩
母亲右手一扬
撒出一把金黄的稻谷
她呼唤母鸡和鸡雏来食
像在呼唤远方的山川

其实我们有足够的时间
关注一只幼鸟的生长
看它羽毛日渐丰满
看它试飞，且不问去向

攀雀栖息于近水的苇丛中
与柳桦为伍，在杨树上筑巢

它们飞翔的姿势
与人类无关
它们采用涧水纪年

你关注过一只攀雀的生长吗?
柳絮、花序和羊毛关注着它们
如果与美擦肩而过
自负的人类啊，你可知你
浪费了那么多美好的时光!

2021 年 6 月 22 日作于北京

你从无边的森林里跑来

你从无边的森林里跑来
奔向璀璨的星群
你的脚下，光芒四溅
玻璃栈道搭建的谜语
像极了刚刚过去了的
那个多汁的春天

世界透明，所向无空阔
悬在梦境中的一条道路
花朵开满平静的山谷
纵横交错的线条
勾画高山的横断面
绿色的血脉，升腾的白云

你是远方的群山
在山崖的一个投影
我冲着黎明的背景呼喊
忘了在你我之间
隔着一个浩瀚的海洋

你从无边的森林里跑来
身上带着朝露的清香
无意中转身，你让我看见
无邪的童年
流逝的时光

2021 年 7 月 27 日作于北京

无垠的大海是你舞台

无垠的大海是你舞台
白云般集结的潮水是你的飘带
你舞蹈，跳跃并且呼唤
带动冬来春往
改变日月经行的方向

在小雪时节想象一排浪花
是一件奢侈的事
你揪住浪花抽打
像揪住一群白马的鬃毛
指引夜晚跃升或白昼潜伏

所谓天地翻覆
不过是你变幻手势的瞬间
万物隐遁，徒余浪花之声
你踏浪之处
有春雷隐隐作响

有些时候
沉溺也是幸福的一种方式

人类需要借助至柔的水
来调和五行和阴阳
校正现在和未来的航线

也许只有在这个时刻
世界是你胯下的那匹骏马
你用尽了力气
想要让这片刻的主宰
成为永恒

2021 年 11 月 23 日作于北京

沉思是有方向的

沉思是有方向的
一个向左，一个向右
这是快乐的间隙
湖水止不住鼓掌

这沉思的一瞬
抵过万朵雪花的飘舞
纳木错湖是高原上的格桑花
它的深邃可以抵达
宇宙深处任何星系的中心

欢笑和歌声是童年的主旋律
此刻的静谧
正在见证一个季节的成长
像湖水荡去人世间的阴霾

你们的身影像华丽的雕塑
风在划分爱情的疆域
万重雪山以外，骏马跑下山丘
春水在飞奔

我看见昨夜的寒潮
山顶的寒月，湖畔的野花
篝火点燃梦的原野
紫红的山脉悄悄发光

2021 年 12 月 6 日作于北京

第四辑　万顷波涛眼底过

人类会在你们面前感到羞愧

我决定寄信给天上的云
和潜伏在水底的星群
让时光静止
像夏荷的初放、你我的初见
需要画几张草图，标注方位
你用目光笃定地告诉对方
这是我们相遇的地方

梅花鹿啊，是谁侵占了你的领地
让人类的情感有了寄托
光有了赖以依附的路
春天的河流有了方向
你对视的不是彼此的世界
而是我们的童年

在梦想的转弯处
有无尽的河流和山峦
我希望能遇见的理想国
有一条朝发夕至的河流
有广袤的草原和无边的晚霞

有彩色的鸽哨穿越雨林

有时候，我们对视的目光
会成为北纬线的一部分
与阳光一道穿越海洋
以及你我之间浩浩荡荡的青春
我无法想象你的人生
雨在你的注视下滑落云端

风是一群不速之客
在雨侵入快乐领地之前抵达
你的明眸告诉世界
静止的时光是多么美好
不管是偶遇还是千年前的约定
人类，都会在你们面前感到羞愧

2021 年 6 月 22 日作于北京

白雪是青色春雷的引信

这三个一起踩雪的同伴
是前世就分配好的吗
在生命之源，有些想象
是用红色笑声堆砌而成

偶遇天山托木尔大峡谷
斜风雨裹挟着军大衣
有足够的证据表明
这场雪是一个隐秘的人间符号
前一天晚上，大雪已封住山谷

谁也不知道，其实这么多年来
我一直依靠雪谋生
天晴时，雪躲在我的心底
下雨时，心中的雪增加了厚度
解开风衣，整个江南都融化了
踩雪的声音治愈了我所有的块垒

我在雪地里领取了一个寓言
希望能在瓜果飘香时节返程

由江南雨浇灌的番地已经成熟
选择在有温泉的地方暂宿一晚
让大雪在梦中继续封山吧

白雪是青色春雷的引信
拂晓的光里有芬芳的记忆
我们约定在三千里路外相见
那时，所有的山都开满了杜鹃
塞上雪已一去不还

2021 年 4 月 6 日作于北京

天上一条江，人间一个人

钱塘江是天上的一条江
彩云筑的江堤，流星做的风帆
三江口，为太阳留出通道
曾经有无数个日夜
我在太阳的边沿进进出出
像是一个箍铁匠
在岁月的罅隙里敲敲打打
每一颗清脆的回声
都是一个带汁的梦

如今我在远方
仰望这一条横亘在云端的河流
有那么多的阳光作为注脚
它发光就像一颗恒星
有那么多的云彩作为风帆
它的温暖可抵御我一生的乡愁
钱塘江在我做梦时长大
气吞万里的景象
从银河溢出

天上的一朵浪，人间的一个人
开闸放水时
天上的云彩全都聚拢过来
紫气东来时途经我的眼眸
浪花簇拥着我思想的边界
有一些念想升腾为炊烟
那些飞舞的紫色
浩浩荡荡，像繁华都市里
摩肩接踵的人流

2021 年 4 月 12 日作于北京

太阳被人围观

很多时候
太阳并不在天上
如果你愿意
可以把一堆枯草看作太阳
给它炽热的目光
给它平坦的绿地

当你跃升到足够高的高度
能够审视尘世间一切微小的事物
太阳便会在
你的目光所及之处燃烧
所有的目光都是太阳的燃料

很多时候
人类习惯用色彩来划分
人与其他生物之间的疆域
幸福与一阵春风的交集
苍凉与一阵秋雨的偶遇

太阳与这一堆枯草之间

有着隐秘的关联
它们彼此交融，并且问候
在某一个特定的时刻
被牧师的镜头捕捉

这种最初的生命意象
是星球的躯壳
从荒原到人烟稠密之处
光会泄露许多秘密
太阳在自己从未到达过的地方
被人围观

2021 年 7 月 4 日作于北京

让鲜花按音乐的节奏去生长

让鲜花按音乐的节奏去生长
让春风去填充理想的沟壑
让花瓣去定义时光的短暂
让阳光敲打人世间的每一扇窗

风霜追逐着雨雪
春花点化了秋月
万千精灵循着炊烟的路径
去往高山和大海

蔓延的绿色是一种疾病
它使干燥变成湿润
使无序变得规整
使天空成为绿野的镜子

对于无边无际的音乐
我不能做一个永久的旁观者
我思想深处的吉他
躯体里流动着绿色的忧愁

在每一个孤独的夜晚
是你支配着所有的月光
让所有的水稻都迎风挺立
我注视着它们
如注视一段自亘古而来的音乐

2021 年 7 月 13 日作于北京

所有的人都是观众

起飞，从苍茫的大地
去往未知的天空
谁知道那不是我的信使
平稳的姿势，仿佛已飞过千年
定格在空中的，不惟星星
还有江南初春的雨
远古歇马的驿站

在苍穹之下，你安静得
像一块脱离了母体的陆地
当我的眼睛被乌云啄伤
发亮的血从镀金的天空中滴下
而你，依然选择飞翔的你
仿佛对一切视而不见

这是一场宏大的叙事
以天为帷幕、以地为舞台
所有的人都是观众

飞吧，你的使命从来就不是抵达

犹如那夏夜的繁星
并非我儿时曾遭遇的那一群
飞吧，凌空的波涛
也许你本是夜的铠甲
以黑魆魆的山峦作为跑道

那在飞翔中静止的
是否就是我无法倒追的流年
夜幕下驿站的风铃
也许只有少年的我才能听见

黑色是人类最深沉的情感
当所有的悲欢凝固成为城堡、边关
你在历史的罅隙中穿越
成为坚定和永恒的象征

2021 年 7 月 20 日作于北京

秋天不以长短论英雄

秋天不以长短论英雄
一张飘飞的黄叶
足以覆盖整个秋季
秋在郊外时，爱与晚霞同框
飞过天际的那一群鸟
是秋天派出的信使

北京的秋天很短
仿佛是嵌入冬天腹地的一根肋骨
青色而高远的天空
涤荡了无边的云海
秋天的疼痛归雁知道
落叶也知道

永定河的春水踟蹰了许久年华
灰喜鹊筑巢在高处
白龙松顶部藏着换季密码
打开它，需要借助龙卷风
以及大西山那一条余脉的冲动

秋天不以长短论英雄
西四环，去往香山的道路一直拥堵
城里人向往的秋天总是在长亭外
秋水泛滥时，一叶红叶遮挡不住

有时候，秋是很决然的一个勇士
他仗剑高歌时，月泉里的水充盈
他转身离去时，你感觉不到悲凉
月亮的清辉像一朵朵云
装点你羞涩的行囊

2021 年 9 月 28 日作于北京

一颗光亮与整个宇宙平等

一只萤火虫，在马涧镇空旷的地界
将深秋时节硬生生拉回盛夏
我估计它是夏天的逃兵
专候于此，告诉我和你
一颗光亮与整个宇宙平等

我用双手轻轻地捧住它
它的亮光拓展了我对深夜的猜想
在汽车里我们有一段同行的道路
月光平坦，理想就在身旁

我将萤火虫遗忘在车后座
如同它将夏天遗忘在身后
南方的水库大坝高耸
萤火虫安静得如同岭上的一片落叶

东四十二条胡同里满树的金黄
使我想起乖巧的南方
想起土豆和南瓜做的麦饼
想起萤火虫有呼吸的光

在太阳的边沿
有萤火虫不断敲打的翅膀
我们去往梦境中的通济港
不小心迷了路

天地高远，四野静谧
这是北京最多雨的一个年份
是怎样的舟楫
可以承载我心中的萤火虫
去往江南的腹地，我的梦乡

2021 年 10 月 11 日作于北京

当我对着一只鸟沉思的时候

当我对着一只鸟沉思的时候
鸟对着苍茫的九州万方
它背负翠色的箭镞
每一个箭头射中的地方
都成为你，春天的领地

当我对着一只鸟沉思的时候
我实际上对着一片浩瀚的森林
所有可以丈量的时光
都成为天空的信物

这是最吻合的沉思者形象
天地悠悠，每一寸土地都写着诗
远黛如眉，亘古的山脉
平卧于晨曦之中
我保持这样的姿势已经很久了

当我以空旷命名原野
以春风和星河命名家乡的山脉
你的山峦正连绵在上山的秋季

金色稻浪此起彼伏
翠鸟停留的地方
就是我交付给你的
壮阔未来的谜面

2021 年 10 月 12 日作于北京

飞鸟每天交给我一个命题

飞鸟每天交给我一个命题
叫我在天亮前思考人生
笼中鸟的声域在五步之内
天高地远可曾出现在它脑海
它从未想过取悦谁
人们在观赏时想到自由
想到那些扁平的事物
云霞每天变幻着色彩

每天，笼子挂在树梢
朝向古城深藏不露的历史
笼中鸟在观察一棵树的生长
天上一颗星辰的移位
它有足够的时间吟赏烟霞
赏鸟人与同伴唠嗑、唱戏
将每一句人间的话语默记于心
谁说失去自由就失去生命的全部
笼中鸟的生命已足够丰盈

感事伤怀是人类的自作多情

这广袤的天宇又何尝不是一个鸟笼
一枚紫色的鸟羽让我想到故乡
想到三千里地的锦绣年华
别无选择也许是最好的选择
舞步矫健或者声音清脆
研究它需要动用人生经验的一部分
每天都有同类从屋顶飞过
风拂树梢叶声如潮

飞鸟每天交给我一个命题
我在上车下车的瞬间有了答案
阳光在古老的墙上打开一扇扇窗
像一个个星系的黑洞
叠加的鸟鸣多像黄叶的堆积
秋已深了，天色灰蒙
我用目光温暖这些可爱的精灵

2021 年 11 月 2 日作于北京

秋艳

改变行走的方向是从春天开始的
目的地是北京东城一条古老的胡同
据说清代一位杭州籍京官曾寓居于此
大诗人艾青就住在隔壁
从山水文园东园经过是一种穿越
山和水在汽车喇叭声中浮沉

从地铁十四号线转乘五号线
念出这句话时犹如背出一个定律
行道树叶由青转黄由黄转红
兜兜转转的胡同藏着许多谜语
这个秋天，一个猜谜者用脚步丈量
火红的树叶在老家的山坳呼应

胡同里有高大的槐树和梧桐
有的枝条已成为往事的一部分
有的约定正随瓜果一起成熟
秋天的色彩有多艳丽
听一听东海的潮汐声就可知晓
秋天的歌声有多美妙

想一想迟到的雁鸣就能懂得

改变行走的方向是从春天开始的
在植物中间穿行，像风一样
我所停驻的位置靠近南方
打开窗户，依稀可见古荡湾的舟楫
广玉兰宽大的树叶遮住燕山山脉
猜谜者书的封面上落满秋天的杜鹃

2021 年 11 月 2 日作于北京

摇落在地上的繁星是有生命的

摇落在地上的繁星是有生命的
黎明和黄昏的阳光最懂它们
它们停驻在大地之上
像一群安静的帆船

草和昆虫视它们为同类
人的目光也常常为之牵引
堰坝或者林地，人类的安居之所
繁星们交头接耳

风会来，雨会来
时序更替时它们会成为泥土
深陷于黑夜而不能自拔
它们金黄，但不专属于秋天

它们在无意中降落
投向宽厚的大地
感受没有缝隙的温暖和幸福
它们的经脉上写着轮回

那是光，叶状的光
不灭的信念的火
摇落在地上的繁星是有生命的
多美，它们紧贴泥土的那一刻

2021 年 11 月 9 日作于北京

我只要这杉树丛中的一棵

站在冬的起点仰望春天
中间隔着一个广袤的平原
隔着秋虫的呢喃和骏马的嘶鸣
礼敬一个季节
要删去满天乌云和驳船倒影
删去枇杷的嫩黄和菱角的青灰

在这个草木茂盛的季节
南方的山脉正在孕育新的长征
你说雨中的阳光很暖
三江口的舟楫在等待出发
你像春天般站立
彼岸有雾雨升腾

江南这一片水域
如梦幻般浅蓝
杉树林浓密，仿佛要隔绝春的消息
林地的木板房里是何人居住？
皮筏艇归来，划艇人封锁在路上
我仰望春天的地方

森林和星星一同生长

那些绿得透亮的往事
是一望无际的乐游原
是一艺足以荣身的欣喜
是超越所有季节的温暖地带
你要我命名故乡的山脉
我只要这杉树丛中的一棵

2021 年 11 月 30 日作于北京

篝火，看守着草和夜

帐篷遍布山野
一群太阳被赶进帐篷里住
黑夜选择太阳部落作背景
它的成员以火苗作引信

匍匐在地的秋草
是火焰的组成部分
在这里，风不是过客
星光和日出也不是

当天上的星星出现
一种不可言传的秘密
在人和山谷之间悄悄流传
欢愉的色彩是红色的

所有的生灵都在期待日出
山谷是一种千年不老的生灵
作为人类表达欢愉的一种方式
篝火，看守着草和夜

2021 年 12 月 21 日作于北京

一片叶子的永生

这片叶子像极了一块蓝宝石
上天为它的出场降下一场雨
摄影师遇见它时
正是它最光鲜亮丽的时刻
于是它成了美的俘虏

风抚平创伤
云告诉世界
光和影是最伟大的记录者
如果，摄影师不记录这片叶子
风会吹走它
它将腐烂在泥土里
不被任何人发现

一片叶子要想不朽
只需要定格一个瞬间
其实能否得到永生
跟叶子本身并无多大关系
给它贴上幸福的标签
它就会叶脉舒张

仿佛浑身充满笑意
给它一段从萌芽到飘落的旅程
它会热烈地生长

与一阵风的旅行计划重叠
也许就是你的人生
当叶子出现的时候
摄影师也出现了
在短暂的时空里
摄影师和叶子握手言欢
他们在属于自己的世界里
成就彼此

2021 年 12 月 27 日作于北京

一只蒸笼挂在墙上

一只蒸笼挂在墙上
经历无数遍高温的洗礼
如今终于褪去人间烟火味
成为装饰，昭告于天地之间

有多少赖以充饥的黎明
在匆匆的行走中远去
有多少插秧植苎的愿望
在腾腾热气的掩护下逃亡

柱杆山下，遍植日月星辰
箩筐载月的父亲
米筛承星的母亲
他们把毛竹剖劈成光线
编织兰江上千帆云集的胜景

一只蒸笼挂在斑驳的墙上
我想它是幸福的
经历苦涩岁月的煎熬
如今终于可以长舒一口气

和清风阳光作彻夜长谈

无人知晓它此刻的心情
挂在墙上的是大山躯壳的一部分
我从墙角经过时偶然抬头
看见你我才真正懂得乡愁

2022 年 1 月 5 日作于北京

残荷是一个神秘的符号

残荷在弯曲之后成为门
万顷波涛成为门中的过客
冰冻时，一切都凝固了
目光和阳光是依旧流畅的生物

十里荷花和三秋桂子
在另一个世界里化身为勇士
至柔的水啊，如今除了喟叹
你还剩下些什么

常满塘的无机物都是有生命的
它因我们的目光而活
当繁花落尽，支撑美的躯干
成为夏天的另一种存在方式

从一扇门到另一扇门，脚踩青石
过程中堆积着人类的意象
从一条路到另一条路
万物轮回总在不经意间

坚冰融化的时候，世界也在融化
残荷找到自己生命里的密码
春波荡漾的时候，气温升高
它会在某一刻突然消失

这是一种亘古不变的期待
残荷展现出它生命的另一种姿态
远方，那是人类居住的地方
谁能保证这与残荷无关？

冰封的河面呼应着春潮
冰面下的鱼儿呼应着村庄
在你的注视之下
残荷成为一个神秘的符号
连接着未知的远方

2021 年 1 月 11 日作于北京

行走的大地就是天空

行走的大地就是天空
平静的湖面就是天空
当船只汇聚于苍穹之下
来自不同方向的风汇聚于此
平面之上，人生百感交集

你驾驶的船只是风的翅膀的一部分
当无数的理想相接
天空便有了飞翔的理由
在春天和秋天之间
一定有一个连接彼此的管道

当海洋成为天空的横断面
我心中的苍凉犹如树的年轮
升腾，升腾
当密密麻麻的水蒸发于荒漠
整个湖面都是我的爱人

行走的大地就是天空
旅人啊，你就是这随风漂荡的船

九月的阳光有些发涩
自由组合的风
比山间的溪流更恣意畅快

地平线、海平面、天际线
彼此交错的视线是多彩的
切割出人世间平静、安详的生活
当我的心从属于天空
行走的大地便有了弹性、张力
这多像我昨夜的梦境

2021 年 1 月 19 日作于北京

月亮是如何坠入湖中的

月亮是如何坠入湖中的
还有那成堆的星星
在水中潜游
它们是一群鱼的前世

在青天和青天之间
雪山们冷峻地注视着你
一池湖水，一颗悲凉的心
那些枯枝已飞翔许久
如今它们需要集体沉沦

牵引我的目光，在水底吗
远方，天地广阔
我低头，向水中的鱼认罪
如今，湖水深沉而矜持
偶然经过岸上的你
无法洞察这个世界的秘密

所有的溺亡都在不经意间发生
我站在湖边仰望苍穹
连同我头顶飞鸟的身影

2021 年 3 月 9 日作于北京

大自然的晚宴刚刚开场

大自然的晚宴刚刚开场
空旷、高大、神秘
像雷神出场前的某一个瞬间
我听见两匹马在天上耕耘
森林在它们的身后跟随
我在水中看到世界的样子
静默，安宁

来自域外的阳光
犁开大地的胸膛
我看见收获，看见岁月的风霜
天的衣裳剥开几层
可以看见星辰。看到
正在生成或闭合的年轮

那密不透风的森林里
藏着多少生灵的故事呀
季节多像这水上的汽艇
不经意间掀开一个世界
风又快速地抚平这个秘密

2021 年 3 月 22 日作于北京

想象出来的天空

每到春天，总想跟自己约定
择一晴日，约三五好友
去看故乡野外的油菜花
去看蜜蜂采蜜、蝴蝶翻飞
去看三五成群的少年
在蓝色天空下举着红旗出游

突如其来的篱笆堵截了
每年的愿望发青、抽穗
以缆绳、铁链或高高耸起的山峰
将乡村赶入乡村，将炊烟赶入烟囱
围猎的方式是古老的
我的心情成为唯一的猎物

黄的花正在呼应南方的暖湿气流
色彩重叠，梦想被提取成蜂蜜
想象出来的天空一直在梦里
今年又要爽约吗？此去经年
壮阔的尘世追赶着少年的梦

框定每一个清晨或者黄昏
山村安静，晨光出走
山花们负责留守并且养蓄元气
远方有一些呼唤在山谷回响
远行人何日回归？城市已被放飞

2021 年 3 月 23 日作于北京

两座山峦的重逢

有时候，一张荷叶就是一块琥珀
如果你透过大海去看它
它的晶莹来自彩霞的内核
它的未来关乎人类的审美取向
如今，我站在燕山之巅
检阅风起云涌的往事
看你和故乡之间连接着的风云

你说因为向往江南
青涩的你循着波涛汹涌的路径
一路向南，闻香樟而止马
你和江水一起停驻在城门之外
那一片连着一片的橘林
种植着大海和乡村
也种植着你和你的未来

波平浪阔的江面
使我想起海底的山陵
想起一棵树所经历的风霜雨雪
北方的你和南方的我

多像是两座失散多年的山峦
在一座曲型桥上久别重逢
面对面作一个揖，再各奔前程

海中的初荷
因为我思念江南而生发
从此，我要用海为江南命名
早上的海，波涛万顷
……

2021 年 4 月 20 日作于北京

这是一片小小的滩涂

这是一片小小的滩涂
你要把它想象成三江口
我也很高兴
大海从我的镜头里涌出
我就是手握大海的那个人

这是一片飘摇的落叶
你要把它想象成舟楫
我也很愿意
面壁者会在风高浪急时出现
抚慰你焦渴的心灵

这是水中的一双芋叶
你要把它们想象成风荷
我认为也挺好
大陆在遥远的彼岸
芋叶在水摇摆
像极了诺亚方舟的引擎

乌云密布的水面上

风是横扫千军的英雄
孤独的芋叶兄弟啊
为了呼应一场盛大的雨戏
排练了无数遍心语

2021 年 4 月 20 日作于北京

在大山，我阅读每一棵树

在大山，我阅读每一棵树
每一寸紫色的霞光
我以天地为墙锻造图书馆
让山间每一朵云彩流动或者停留
让地上的每一片文字发光

每一个阅读者都怀抱柔软的梦
翻开一阵春风
合上一片星月
这里的衰草都是书的筋骨
偶经此地的山雀
是书中的标点符号

书中的文字在这里吐故纳新
书中的图表像旗一样迎风飘动
在天地之间
阅读成为一种生长运动
敞开式书柜里陈列着森林

在大山，我阅读每一棵树

每一块开裂的树皮
每一枝分散的丫枝
每一个含蓄的年轮
逆生长的桃花、杏花、樱花
破墙而出
像一个个风化的故事

2021 年 5 月 19 日作于北京

江堤不知道许多事物

左边是水右边也是水呀
江堤不知道许多事物
春天来时，江堤的信心爆棚
委托成排的绿树问候远方
江堤不是河流的分割线
它负责看护春天
以及途经此地的太阳

我从肋骨中抽出的这条河流
没有名字
江堤不知道自己的属相
那些葱郁的树冠无人可以佩戴
江水的颜色仿佛透露着什么
江堤成为主角纯属偶然

三艘小船张扬着岁月的胎记
没人预知暴风雨何时会来
人行其间像一道闪电
有些纹理宛如水的涟漪
安静着呗，我的村庄

五月的爱情有些慌乱
粽叶的祝福望不到边

有一些风声由树梢间传递
码头上总有舟楫在等候
出发吧，踏上归程
厚实的路面包裹着答案
仁忠坞的枇杷熟了
湖水叠加着童年的梦想
故乡的山岭在等待攀缘

2021 年 6 月 15 日作于北京

如果有足够大的土地让我耕种

如果有足够大的土地让我耕种
我会让视野和田野叠加
用风纪扣规范春的仪表
让彩虹负责看守这美的领地

是怎样的一种播种，使你
像一片固执的麦子
立志要驯服无边的原野
播绿者在山的那一边

他俯视着原野，像
一个身披铠甲的将军
在检阅犁耙和镰刀的影子
它们深埋于地下
委托种类繁多的植物
展示往事的丰腴

当早起的人们裹挟着雨水
一起撤退于连绵的山脉尽头
原野被一切葱茏覆盖

如今你所见到的绿
是天空领地的投影
也是你心中自由的样子

风吹过，大地纹路悄悄凝固
树林之间的天空真的空了
光明永远在地底下生长
我站在这祖先的田垄上
用目光收割上古的遗珍

如果有足够的土地让我耕种
你知道我会播下诗行
用阳光浇灌它们
我会拆除所有的篱笆
让春水沿着这些早起的田垄
恣意奔流

我想，我也会站在土地里
混迹于茶叶树和麦子之间

2021 年 7 月 4 日作于北京

远处的山峦是乡村的私藏

远处的山峦是乡村的私藏
包括那些隐在云层之中的晚霞
浮在山腰的白云
它们在夜晚出现的时候
乡村的面孔有些深沉

上河的时光只在夜间流动
白天有蜜蜂嘤嗡
白墙和黑瓦们默不作声
村口的梨树有些苍老，临溪
记得它已多年没有开花了

鸡鸣声在晨雾中被拉长
成为山村的一种隐喻
山村与城市在产房中被偷换
热闹的街巷，美得近乎失真

我在山路逶迤处踟躇
饱满的果实，茂盛的杂树
见我迈步向前走去

树枝摇曳，阳光高抬

迁徙于此的一条河流
困守溪畔的一株樟树
紫云缠绕重重山岭
对于未来，河流闭口不言

在山峦的注视之下
山村一寸寸矮去
像庄稼一样抱团生长的瓦房
在千年之前，乡村算定了
它只在夜间开花
八方的河流都会汇聚于此

远处的山峦是乡村的私藏
包括那些隐在云层之中的晚霞

2021 年 8 月 3 日作于北京

当太阳和月亮接壤

我奔跑
跑进了太阳里
我奔跑
跑进了月亮里

如今，我和大海
已不分彼此
海鸥引领我，海霞滋养我
这风一样的脚步
这水一样的灵魂

当太阳和月亮接壤
呵气成云的我，落脚成印的我
可知今夕何夕？
可知这童年的画图
承接着这现实和未来的梦

静立于海湾的帆
深植于海底的树
我奔跑在海平面上

海水因天空而蓝
潮汐刷新着大海

无数的海浪在身后沸腾
一只海鸥飞向天空更高处
在光晕的世界里
连奔跑都是静止的

黎明安坐于我思想的内壳
在奔跑时，我分辨不出
星辰和大海
脚步轻盈
色彩柔和

2021 年 9 月 14 日作于北京

是谁累土为山

是谁累土为山
承载这千年不变的风雨
是谁日夜摩挲
变幻这水的消瘦或丰盈
要以这白昼作为陪衬

至刚和至柔，缠绵于此
野生的阳光潜入水中

我在瞰都最高处俯瞰
这密不透风的松林
清点芸芸众生的思绪

看到山的时候你就看到童年了
千里之外的一次注视
会成就这连绵的雨季吗

累土者依然在累土
昼夜不歇的一支竹笛
穿越北方重重叠叠的山峦

2021 年 9 月 22 日作于北京

有一些辽阔与日月星辰无关

没长叶子的柳枝
是春天对大地的试探
那些纤柔的情感交织
如同故乡泥墙上的斜阳
我骑单车经过
这个世界的背部
有一些辽阔
与日月星辰无关

也许这是坐实虚无最好的答案
没有云雾遮挡的日子
鸟语和花香在湖底深藏
说出这些茂盛的柳树枝
像说出春天的秘密
伫立水中的枯树桩
正在呼应朝霞的生长
南方以南
说出你想敕令的山峦
就像说出我对故乡的爱恋

2021 年 11 月 15 日作于北京

头顶的天空有些萧条

这个岁尾的标记
在大山入口处矗立好久了
它的姿势像一位入定的老衲
人世间的水泥建筑
高大、深沉，有些冷酷
离开了树叶，树枝成为主角
枝枝向上，挽成冬的发髻

我想从你身上借一些词语御寒
你是白色的天籁
行走在隔壁的星系
你微笑的样子使人想起春雷
想起晨鸟飞翔
偌大的山谷只有我一个观众
我看到冬季背部的斑斓
碧云庄坚守在柿子树林中

有些枝蔓缠绕着往事
树汁结痂，岁月抚平创伤
那些记不清名字的花事

还会引领少年的心事吗?
彼岸花年年盛开
在植物园迟缓的林地上
黄色山雀误落城市人的视野

天上的云彩遗忘了归途
架设在山梁间的沟渠
听任春水浩浩荡荡
这个岁尾
头顶的天空有些萧条

2021 年 12 月 6 日作于北京

有一些矜持，需要俯瞰

鹤在蓑草丛中踱步
它鸣叫的姿势
使人想起发号施令的将军
所有的蓑草都是它的兵士
它在春天布下的伏兵
此刻正携风驭马而来
芦苇们高昂着骄傲的头颅
它们俯视大地苍生
以冰雪之姿呼应着鹤的鸣叫

我相信那些发白的蓑草
是人类的卧底
它们以鹤鸣为号
指挥着犹豫不定的山岗
没有什么事能惊扰鹤的内心
宁静是天地万物的真相
有时候生活离真相很远

有一些时差，与时间无关
有一些矜持，需要俯瞰

2021 年 12 月 21 日作于北京

毗邻的那座城市才是我故乡

这是一个寻常的窗外
高大的树木正在肆意生长
绿色的枝叶横跨昼夜
天上的繁星在迎接着它们
它们的生长总是悄无声息
毗邻的那座城市才是我的故乡

我知道兰荫山麓的这个园子
承载着东方文化某些绮丽的部分
亭、台、楼、阁，如书列案前
翻开它们，总能听见锣鼓声传来
栖云谷、浮白轩、燕又堂
白云、黄月、紫燕，各归各家

有一些竹筏在江边停留
有一些识字农正从田间荷锄归来
雨声是一排排流动的休止符
每一次步入园中时，彩霞满天
我轻手轻脚的，在回廊里
像绿色光阴里的一个书童

金陵别业，以唱腔作为砖瓦
窗外的雨一直在下
夹杂着读书声和戏曲的弦乐
打开窗户，让彩霞进来吧
以仙为侣是一种心境
以天为徒是一种气度

这是一个寻常的窗外
青色山脉正在向远处延伸
月之清辉挥洒在故乡的山岭上
灯火下的亲人在迎接着我们
我知道有些雅韵无须吟唱
毗邻的那座城市才是我的故乡

2022 年 1 月 11 日作于北京

第六辑　昨夜星辰昨夜风

天空的形状

大地忙着飘雪
天空与雪花比对造型
我担心天空会在这个季节融化
绽放的浪花，是雪的嫩芽
它们在我身旁排江倒海

季节在蒸煮着天空
所有的事物都在等待消融
有时候
天空就是我们的童年
隐含着山谷里的溪流
夏夜的繁星以及我不安的灵魂

树们托举着天空
催促它们生长头角的斜阳
在屋檐的尽头等待
山重水复的幸福时光
有时候
天空是白昼的同义词

当黑夜扎进大地的腹地
天空的棱角深沉而温暖
在南窗的阳光下
我想起白发苍苍的祖母
她拿着剪刀剪出红色窗花
成为天空的另一个翻版

在天空的倒影里
我想起古老的运河
喧哗了无数个世纪的河水
挟裹着数不尽的蓝天白云
我想起故乡连绵的群山
那是我们心灵的天际线

2021 年 1 月 16 日作于北京

水之畅想曲

在大地的肚脐眼里播下水的种子
从天上借来雨露浇灌
认识水的柔情需要借助无人机
借助春天那双无形的手

从空中俯瞰
水是万千生灵中最妩媚的一种
她向彩云展示自己的真心
她的真心是人类五彩的梦
风挥一挥手，水就开始奔腾
天高地远啊，这是水的英雄们在聚会

你站立的地方是人类梦想的启航地
白色水花以芦苇的姿态唱响欢迎曲
当海平面上升，大地漂移
莲花盛开时我们相遇

风雨廊桥，低垂的夕阳雕琢着它
湖水荡漾，万千朝霞簇拥着它
看到水的真容使我失去记忆

所有关于美的词汇瞬间消遁

如果靠近这些水思想会溺亡
那就让我做一个水的分子吧
我希望遭逢天上的一颗星星
在水的怀抱里做一个
无穷无尽的梦

2021 年 1 月 17 日作于北京

老墙

一座墙不会单独老去
就像春天不会在播种的季节安睡
秋天不会拒绝已经到来的金黄
祖先们会用白墙黑瓦擦亮岁月的门楣
用天光和雨露浇灌往事的骨骼

老墙老去时会带走村头的溪水
还有溪水旁那两株盛开的梨花
鱼虾们正在穿过桥洞下的水域
风声正在吹过樟树们的发梢
枯草在人们看不见的时间里生长
远行人选择在黑夜里出发

栗子成熟后一颗一颗掉落
金黄的枫叶堆满回家的路
老墙高大，身影足以抵挡夕阳
由砖石堆砌的童年秘密已被人窥探
很多时候，老墙把疼痛闷在心里
黑色瓦背承接的雨水不知去向

2021 年 1 月 29 日作于北京

江边的船

也许只有这样的排列组合
才合乎春天的心意
白色雪花将所有的方向定格
将桃花的脉络、柳叶的初心
交付给那些曾经汹涌的江潮

纸船家族今天在河边聚会
童年折叠的愿望那么真实
有一些力量必须在天际线上展示
把纸船和纸船排列到真实的江上
然后用想象中的蛮荒之力
将新年祝福植入春雷的肋骨

我意图买下整个白色的北方
邮寄到儿时那个大雨滂沱的村口
那棵古樟树的内心
藏着年味的秘密
……

2021年2月9日作于北京

油菜花开了

油菜花开了
春天的锅盖也就掀开了
山水氤氲，是地火在升腾
所有的故事都在蒸煮
部分情节被熔断
故乡的色彩如此金黄
它贴近我的胸膛
炽热、温暖、多情
天空是一切往事的底色

为了迎接春天
故乡被还原到一片原野
我站在金黄的尽头
举目仰望
炊烟在记忆里飘来飘去
油菜花开了
我苦思冥想自己的归期
花香填满了我所有的想象空间

2021 年 3 月 17 日作于北京

这是一张时间的巨网

这是一张时间的巨网
每一个人都是这网中的飞鸟
当时间铺陈，每一个遥远的国度
都在树叶的罅隙里生存
岁月啊，你随着我的目光远去
没有一刻的停顿

当我们与太阳鸟对视
时光的碎片坠落
那是我们从未见过的安宁
每一缕光的味道都是香的
草坪代表所有植物宣读宣言
阳光淹没在我初见你的那个午后

每一个生命都在空格里跳跃
黑夜是纵横万里的阡陌
白昼是从我的掌心放飞的鸟儿
当白云散尽，万里晴空
我在影子里感慨天无私覆

这是一张时间的巨网

每一个人都是这网中的飞鸟

既然我们飞不出时间的藩篱

那就让我再看你一眼吧

看你一眼，我就会融化其中

成为时间网格中最明亮的部分

2021 年 1 月 18 日作于北京

这是水的一个哲学命题

这是某种情感得到宣释后的现场
天的高远，地的厚重
全在水的一念之间
有时候春天是一条飘带
带着梦想升腾

跃升或者潜伏
这是水的一个哲学命题
每时每刻，水都在排兵布阵
为二十四节气寻找出口
鸟类迁徙经过云端
植物生长呼唤水的滋养

陈年旧事在桌上放久了
开始有了纹路
它们与水波纹纵横交错
童年的树啊，捐给远方的愿望
在遥远的地方生根发芽

云来云往是我生命中的一个意象

那些辉映蓝天白云的水面
遥接着平缓的草坪
行走半生的行囊有些湿润
在岁月面前
我的感慨无处安放

2021 年 4 月 12 日作于北京

是谁冰封了蓝天的心

是谁冰封了蓝天的心
是谁深藏了满天的繁星
江南初夏的夜晚
我找不到回家的路径

弯弯桥道植入历史的肋骨
文化积淀如千年黄酒香醇
你飞奔在由北往南的路上
撒下一路潮湿的笑声

我知道你是朝霞的使者
海的边界随着你的奔跑延伸
云向着南方的橘树林作揖
雨朝向香樟花海沉沦

蓝天像一枚骄傲的勋章
随时准备颁给热爱生活的人
清风是你的姊妹
淘洗城市每一个黎明

草原辽阔，林地抬升

丹顶鹤步履轻盈

你热爱散步，在江的两岸

春光随着你的自行车轮旋转

你见证着江南版图的拓展

如天上的云

分散了每一个黎明前的黑云

聚拢了每一个春潮的蹄音

2021 年 5 月 3 日作于北京

空坛子

几只空的酒坛子
面对天光，仿佛在发问
它们的悲欢离合已被倾倒一空
只能选择在一旁静默
酒徒们看到你也许会会心一笑
他们正在赶往下一个饭局
行色匆匆，脚踩着上年的落叶

绿色的藤蔓
是从酒的胸腔里长出来的
它们安静地生长
仿佛在帮助远行的某一个人
清点着岁月的馈赠
很多时候，生活就像一个容器
闲置或废弃也是一种人生

当尘世的俗念被掏空
虚无成为一种持久的生活状态
痛饮到哭的感慨
在某一个安静的角落还原

雨和霞光，检阅未知的世界
饱览世事沧桑的空坛子
被反复注入新内涵
隔着故乡的一千条山岗
隔着这一片被绿色覆盖的区域
我呼唤渐行渐远的青春

2021 年 5 月 2 日作于北京

云是移动的村庄

云是移动的村庄
村庄是落地的云
大地和天空
到底谁在庇护谁
我偶然经过你的天空
炊烟遮挡了我飞翔的路径

雪和铁锻造的坐骑
在雨后开始第一段旅程
左边是树，右边是星空
当村庄由南向北漂移
梦想从陆地升腾
是白雾遮蔽了霞光
是溪流泄露了大海的秘密

一定要有河穿城而过
一定会有罗汉松在院内生长
我们重温前世的约定
在这个最江南的小镇
拆门板为桌，截山泉而饮

喝过早茶你就是游埠人了

云途经的地方都下了雨
海潮涌起处都生了明月
那么多的光，列队成阵
成为你的风向标
这是天地间的谶语呀
这是随你而行的日月星辰

　　　　　　　　　　　2021 年 6 月 1 日作于北京

将曾经消失的树林请回原野

将往昔所有的运动推倒重来
推倒我们所有跑步的身影
推倒我们曾经投篮的身姿
然后从天上请下来一场透雨
将人世间所有的约定淋湿
将曾经消失的树林请回原野
将已经抽穗的理想请回枝头

请将所有的窗户打开
接受命运给我们的馈赠吧
也许是街头偶然飘过的一段乐曲
也许是桥上邂逅的一道星光
也许是初夏夜晚五彩的虫鸣
让窗户内外的世界连成一片

有时候命运就是一张显影纸
碰到你下的雨，我就会还原
那么多澎湃的涛声
充盈我广阔的心田
梦乡里有蝶飞来、有舟靠岸

出走半生的河流在天际回归

我是一块漂移的大陆
被世人误认为是秋天的芦苇
当我碰到另一片海洋
就像这被天气切割的运动场
蓝色的是星空、绿色的是大地
那些随意泼洒的线条
是等待系我的缆绳啊

天气可以决定很多事物
在下雨之前请将所有的身影收回
把理想还给多梦的童年
把多愁善感的青春交给原路
把黎明交给打开它的第一扇窗户
把旷野上那些纵横交错的河流
交给等待命名的道路

2021 年 6 月 8 日作于北京

我记错了石榴花的花期

当你呐喊的时候
天地会飘摇着虚幻
仿佛它们齐齐接到了指令
要用你的呼喊刷新整个世界

当你呐喊的时候
湖水和水草是忧伤的
它们被情绪剥离
人群和马群也不知所终

我看到了自己童年的样子
看见了闪电的逃跑
暴雨的隐匿
这一声绵长的呼喊
将苍穹拉回到地面之上

孩子啊孩子
山和云正在看管你的领地
它们伫立的地方
是你大海一样广阔的未来

你张开双臂
是要告诉世界
你的成长、心愿，还有
尚未折叠的纸船

我记错了石榴花的花期
涨潮的五月
芦苇们在岸边集结待命
你的呐喊唤醒了远处的桥梁
一场古老的雨
即将来临

2021 年 7 月 11 日作于北京

青天藏在人间的印信

白鹭，是青天藏在人间的印信
它飞翔的时候
线条像线条，天空像天空
所有的水草都不愿匍匐

月色已升腾为白雾
白鹭的优雅史书里没有记载
它飞翔的地方都是江南
杏花离此仅十丈之遥

白鹭，所有的人都在盼望
你飞入我铺展的宣纸中央
书房靠北，有茶水氤氲
青瓷茶杯按序排列

你，铃住春风又绿的江南岸
把我的梦境定格为少年

2021 年 7 月 20 日作于北京

呼应夜的星辰

当人类，把自己画在地上
他与鸟类的心灵距离
成为一片红叶
飘落在往事中央

我要堆砌多少形容词
才能抵达你精神的高度？
在沉寂的大地上
刻下一个伤心的图腾
让鸟来问候，风雨来浇注

在春和夏之间画一条线
目光融化于天地之间
人影恍惚，雨落在地上
认领每一个向路的符号

从冰冷向温暖延伸
所有的月光都是序曲
它们横扫过的街道
满是匍匐在地上的光

当鸟端详人类的世界时
往事如潮水般呼啸而来
裸露的河床
滋养着丰盛的生命

阳光敲打大地
如稻穗敲打风车
平躺、潜游或者飞翔着的
可是你的替身？

平实的光
呼应夜的星辰
夜是日的影子
黎明是黄昏的影子

2021 年 7 月 27 日作于北京

彼岸

关于彼岸我们曾有过无数次的遐想
那能将远方送到跟前的，是谁？
那周而复始的喧哗和寂静
可是浪花盛开的模样？
我们消逝的青春
可在彼岸深藏？

彼岸是广阔的星辰
彼岸有无限可能的未知
彼岸是值得我们信赖的远方
彼岸代表幸福、富足、祥和、平安

当我们在海边眺望
彼岸是礁石、岛屿、飞鸟
当我们在行进的旅途中沉思默想
彼岸是驿站、马匹和斜阳

多年以前，彼岸在我的书包里
紫色的泡桐花飘落在乡间小路
当我们想念秋叶之静美

彼岸是夏花，绽放于你的窗前

我的掌纹里盛开着彼岸的云朵
想念杭州植物园里的彼岸花
停车，徒步在林间行走
那个摘花的女孩已悄悄长大

白昼和黑夜，此生和来生
我们谈论彼岸时，大海和天空出现
触手可及的繁星，消解着
人世间的万家灯火

2021 年 9 月 14 日作于北京

人生，注定要隔江相望

世界，在某地虚位以待
江畔这排椅子告诉你
忙碌的人生是何等荒谬
也许，虚无本身就是一种殷实

并非所有的驿站都需要车马
孤独的斜阳就是一种引信
它会点燃关于你安宁的所有猜想
隔江相望也许是最好的人生

金色的山风吹过丛林
唤醒你关于孩提时代的记忆
有些事物沉沦后永不可见
水底月，是你内心的一种梦

你的目光深藏着树的生长密码
当你眺望远去的季节
空无一人的椅子
成为人生的一种隐喻

2021 年 9 月 22 日作于北京

白沙溪的倒影

白沙溪的倒影是白龙桥
桥上升起镇上最早的炊烟
桥下排列我龙鳞般的脚印
祖先从陈越音乐里移出的桥啊

白沙溪流向大海的中间
省略了多少江河的姓名
省略了卢文台和后继者勤奋的身影
只有临江村上的白鹭知道大海的呼唤

白沙溪的倒影是狮子岩
是白色的浪花，还是流动的岩石
一路紫燕翻飞，三十六堰滋养三百六十行
世界灌溉工程遗产名录收进崭新的一页

我相信白沙溪堰的气魄
点将台在骠骑将军手心腾起
潭堰塘井泉列队成阵
以雨沙为名，以金兰为号
溯水而上的白鹭

与锦鲤翔泳的影子重叠出战鼓
我也是战鼓猛烈的敲击

白沙溪的倒影是苍翠雄奇的群山
一路向北，文明在三十六堰手中传递
以千年松木打桩、以万年篾笼装沙
从音乐里移植过来的桥坚韧、挺拔
这是江南的地标、金华的图腾
是外婆慈祥而亲切的眼神

2021 年 2 月 11 日写于金华婺城区白龙桥

廿八都的炊烟

炊烟直上，长似千年
洁白的梦遗落在大山里
来自宋朝的姓名藏身于仙霞古道
廿八都，浙闽赣三省交会出的明月
照亮了多少历史深处冒出的烽火狼烟

关隘拱立、大山重围的廿八都啊
我在一个初夏的迷离夜走失在你的巷道里
古朴而恢宏的旧宅、深沉而悠长的石板路
手握祖先交给子孙的十三种方言
是我走向明日的通关文牒
看，溯钱塘江而上的船在清湖码头靠岸
日行肩夫南来，夜歇客商北往
追忆像这条鹅卵石铺就的大街一望无际
每颗石头都印满商店旅舍彩色的讯息

乘着袅袅的炊烟
在清代的商旅里寻找乔装的自己
跨过枫溪，水安桥在镇南村口等我
逐水而居的祖训是指引方向的启明星

这座古镇欢迎用一百个姓氏打开门庭的移民

一南一北，两个文昌阁是降落于人间的星宿
镇守门户的文昌帝君是廿八都人的发明
这里的门楣由梁、枋、檐、望板和垂帘虚柱架构
这里的土墙融合徽、浙、赣、闽的精华
我初来乍到，炊烟就匆匆升起
枫溪的水清澈得像一个尚未生成的梦
白雾弥漫的岭上正在集结九百年的人间烟火
一个行人，和廿八都之间总有一种感应
一座城，放飞一颗心灵

2021 年 12 月 14 日写于衢州

雨水直接把北京浇灌成江南

如果把北京的历史浓缩成一个年份
以晴季、风季、雨季和霜季
来划分北京的四季
今年就是北京雨季中的"雨至"

雨水直接把北京浇灌成了江南
雨水改变了北京人的问候方式
所有的胡同都盛满了生命的丰盈
一些人在地铁口望风
用目光测试北京雨季的深度

黄色单车是雨季里放飞的蜜蜂
花更艳，树更茂盛
大街上来回奔跑的车辆
全都戴着铁做的雨具
它们奔跑的姿势像钱塘江的波涛
有一些恣意，有一些腼腆

如果把北京的雨季凝聚成一条河流
那一定是永定河水澎湃的回响

在大西山的深谷高壑

北京人储备了久远而潮湿的目光

用以抵御未来所有的干旱

2021 年 9 月 28 日作于北京

跋一

　　不知道自己该怎么走的时候，我会停下脚步，看一看重生在异乡走的路，就像一幅没有边框的巨画，向四面八方散发出一位文化行者的多彩脚印。他和山川河流对话，和日月星辰私语，用流畅的笔墨勾勒城市的灵魂、故乡的往昔，描绘风的旅程、表达云的心语。读重生的诗，顿感豪迈之气，立生进取之心。这种感觉自始至终地存在于我和重生相知三十七年的时间里！

　　暮春时节，收到重生发来的《太阳被人围观》诗集电子稿，胸口又被这种感觉撞了。与其说我是与太阳一起围观他的诗歌，毋宁说我是先于太阳的始围观者。

　　我与重生既是高中同班同学，更是心气相通的少年挚友。共同负笈于南山脚下的经历，给我们的生命镀上了一层相同的底色。在校期间，他以"石间"为笔名，写诗歌发表于校刊。二十世纪九十年代初，我俩分别在乡镇担任团委副书记、文化员，重生利用团委和文化站的阵地，创办了一份《大溪青年》油印小报，在县内一时风头无两。其间我记得他还油印了两本诗集，分别是《撷浪集》和《二十岁的纪念》。履职金华日报社之后，他的角色一直在报人和诗人之间自由转换，他的岗位从金华到省城到京城一路攀升，他写诗的高度也在不断升华。

海德格尔说过："如果人作为筑居者仅耕耘建屋，由此而羁旅在天穹下大地上，那么人并非栖居着。仅当人是在诗化地承纳尺规之意义上筑居之时，他方可使筑居为筑居。而仅当诗人出现，为人之栖居的构建、为栖居之结构而承纳尺规之时，这种本原意义的筑居才能产生。"

诗人是给天地万物命名的人。而重生不仅仅在行走中给天地万物命名，同时也一刻都没有停止对自身的探究，这从《我找回昆仑山子民的身份》一诗中可以发现端倪："昆仑山代表所有关于遥远的想象/高寒是高贵的代名词/天地的外衣是五彩的/昆仑山脚下，春雷奔腾/阳光汇聚成诗歌部落"。昆仑山分别有神话和地理上的存在，神话中的昆仑山是中华民族的第一神山，《山海经》记载的西天王母、夸父逐日等神话故事都源于此山；地理上的昆仑山是西部山系的主干，在中华民族的文化史上具有至高地位。"中华文化的根脉遇雪水而生发/它们循着河流的方向生长/以长江和黄河为枝蔓"。重生把中华文化隐喻为昆仑之高远、雪水之纯洁，随母亲河开枝散叶，生生不息，灌注滋润着华夏大地。作为一位文化苦行者，重生历尽艰难苦苦寻觅一种思想的昭示、一种心灵的归属，"在新疆阿拉尔腹地／我找回了自己昆仑山子民的身份"，虽然"昆仑不可见"，但心中的求索答案悄然落地，而民族的自豪感、文化的认同感悄然升起！

太阳，一直是重生身上、诗中一个标志性的符号。吴思敬老师曾在《人民日报》上撰文，称赞吴重生是"致信太阳的诗人"。重生的"太阳情结"源自哪里？从他家乡的母亲河身上也许能找到印证。出走半生，归来仍是少年！重生对故乡的山水草木、风物人情，有着比一般游子更深的眷恋。他在《故乡以太阳为江》一诗中写道："故乡以外的地方都是寒冷地带／故乡以外的地方都在春天之外"。重生把人世间的温暖和春天"自私"地赐予故乡，表达了对故乡无以复加的爱。

重生先祖吴渭，在宋末元初辞官还乡，与友人共创月泉吟社，发起中国诗歌史上第一次全国征诗活动，其结集刊行的《月泉吟社诗》是我国现存最早的一部诗社总集。另一位先祖吴莱为元末大儒，乃明朝开国文臣之首宋濂之师。家学渊源，绵延至今。在他的《雨和门是对历史的一种呼应》中我仿佛看见了他心灵上的故乡："雨，无休止地敲打／这一扇门，晴天时它充作人间装饰／雨天时，它想回到森林里去／它的纹路与庄稼、田园和远方／有着某种隐秘的关联"。在江南的雨季里听雨声，让人思乡更切。行走万里，唯老宅屋檐下的雨声最能抚慰人心。森林是门的原乡，但注定无法回去，就像因为建造通济桥水库而被淹没在万顷碧波下的那一个前吴古村。"天子文山下波影重重 / 我知道故乡是不需要名字的 / 那些深陷于门板上的雨痕 / 活得太深刻"。门前的天子文山，倒映在湖面，随波晃动，先祖的功绩就像门板上留下的雨痕，看不见却深深地镶嵌在家族的门楣上。雨和门的呼应，是现代与历史在对话，是重生同先人心灵的交流。

重生写的每一行诗句都有流动的气韵，每一个元素都是饱满的符号，信手拈来，闪烁着思想的光芒。壬寅年正月初二我发给他一张浦江县城迎春门的照片，请他赋诗，半小时后他在电话里朗诵题为《我相信 迎春门》的诗歌。立春当天，该诗在"早安浦江"微信公众号推出后，多家权威媒体旋即转发，当天阅读量超过四十余万。一时间，"人人争诵迎春门"。重生的诗成为家乡春节期间一种特有的文化现象，迎春门成为网红打卡地。作为约稿者，与有荣焉！

重生是一位非常勤奋的人。刚参加工作时，他曾把"重"字和"生"字上下拆开，用作笔名"千里牛"。他说："我虽然没有千里马的才能，但是我有千里的志向。我要像不知疲倦的牛一样，用心耕耘文学沃土，积跬步，至千里。"当年乡镇工作任务繁重，重生都是挤时间奋笔疾书，一年仅新闻报道就要在省市报纸发表三百余篇。那些年我俩时常同床而眠，哪怕白昼再辛苦，只要灵感一来，他立即伏案灯下，往往我一觉醒来，他已是一篇作品完稿。正因为这般了解，我对重生2014年作出践行"一日一诗"的决定丝毫不觉惊讶，写作已成为重生日常生活的一部分。

2022年4月10日，重生来电说应约为《经济观察报》写专栏文章，每日一篇。我百感交集，这是一种什么样的力量在推动和感召着他？

陀思妥耶夫斯基说："我只担心一件事，我怕我配不上自己所受的苦难。"在告别南山脚下的校园时，我俩曾引此共勉。回望来路，苦难辉煌。重生的诗，就是从太阳里提取出来的光束。

张 华

2022年5月8日

跋二

1

我和吴重生来自同一片乡土，曾经受到过同一片田野的滋养。故乡的山川河流深深烙在他的每一个日出和日落，成为他身上一道永远无法抹去的胎记。

一个真正的诗人是注定要不断地漂泊的，重生先生就是这样一位与漂泊有着深厚情缘的诗人。从某种意义上来说，他用从故乡到异乡所酿造的这杯酒，礼敬了从南方到北方的家国情！他在路上不停地追寻的过程，就是一场不断完善自我的修行。这种修行几乎重塑了这个典型南方诗人的性格。在他纤弱文静的外表下，蕴藏着一股极有力量的风火，时刻为生活燃烧、为创作燃烧着。我一直觉得他应该就是一个太阳的孩子。他内心始终洋溢的光芒，几乎覆盖了他身上为生活琐事所困扰的哀愁。

重生先生的诗作有一种独特的韵律之美。就像收获的季节，农人在田野上挥舞着镰刀有节奏地切割着庄稼一样。一字一句，一行一声，读起来有着不同寻常的快意！这种韵律感极大地丰富了他诗作的内涵。在这样一个信息繁杂的时代，他的诗作总能在浩如烟海的网络里鱼跃而出并被广为传诵。有相当一部分他的诗歌粉丝，每天都在等着他新作的更新，这种欣喜翘盼之情，在诗意寥寥的今天，是多么难能可贵！

在我们这个国家所有的文学作品中，最应该被记取的就是那些至今让我们感动如初、温暖着我们民族精神的经典诗歌。吴重生先生是一个光的使者，他懂得驾驭这种为时代而生的诗歌力量，并且不遗余力地去推动这种力量。

2

我不懂诗，但是对于诗人吴重生，还是略懂一二的。

这人身上似乎总有挥洒不尽的激情，几十年下来，头上白发添了不少，内心澎湃丝毫不减。

和这样的人做朋友，我是很受益的。看他工作生活两不误，晨昏笔耕不辍，写诗速度之快水平之高，往往令我惊掉下巴。

有这样的人做朋友，你怎么好意思不努力？

我不记得他出过多少本诗集，但我敢肯定，他也一定不记得自己到底写过多少首诗。

当然，如果只是数量超群，那一定不是吴重生。

我常在酒后给他打电话，告诉他，兄弟们想

你了！然后大家轮番表达，这些表达者身份虽然五花八门，心意相通却是贯穿始终，大家总能在重生兄那浩如星辰的诗作里，找到自己心属的那一首。然后又是轮番朗诵，在他的诗里继续沉醉。

念他的诗解酒，读他的诗醉人啊！

这个春节，身在大理的我就被远在京城的他，用一首《一万道山岗被推到身后——除夕夜怀大理兄弟》的诗作，从立春醉到了立夏。

读这首诗，使我想起唐代大诗人王勃《送杜少府之任蜀州》里的名句："海内存知己，天涯若比邻。"吴重生不仅把大多数的朋友写进了诗词文章里，也把山川大地请进了他的生命里。这个从浦阳江畔走出来的孩子，这个从月泉吟社的泉眼里冒出来的诗人，他诗意栖息的地方，显然已经远远超越了我们身处的物理和地理层面的故乡，他用手一指，太阳就成了众人围观的方向。

我在这本《太阳被人围观》的诗集里，恍然醒悟了过来，这么多潮起潮落的日子里，他那一如永动机一样的躯体里，原来一直住着一个太阳。

我的朋友吴重生，你值得被所有人围观，愿你太阳般的人格力量，继续鼓舞着我们前行。

陈　越

2022 年 5 月 10 日写于云南皈心堂

后记

　　亲爱的读者，人的一生有多长？姑且做一个乐观的估计，我和你都能长命百岁。那么，这本诗集，就是我用一百分之一的人生写成的。一百分之一，少吗？三百六十五个日夜啊！那是我的沉思，我的希冀。这本集子里的诗句，绝大多数完成于2021年。那是我职业生涯中别具意义的年份。

　　感谢北京大学中国诗歌研究院名誉院长谢冕先生为我作序，他的鼓励给了我信心和力量。感谢另一位序作者王毓和跋作者张华、陈越……他们一直关注我的诗歌，鼓励我创作；感谢插画作者吴建明，他的画很空灵，为诗作增色不少；感谢鲁迅文学院新时代诗歌高研班同学张况，他题写书名的书法极富诗意；感谢我的摄影家同事付党生，是他的摄影作品激发了我写诗的灵感；感谢我的老同事江如文，是他亲自谋划在报纸上开设专栏，使我每周一期的诗歌作业，更像是完成一次灵魂的洗礼。

淘洗了一百遍的灵魂是什么模样？答案也许就在我的诗里。

这本集子里的大多数作品都是在地铁上完成的。谁能想到，在2021年的北京地铁14号线和5号线上，随同那些摩肩接踵的陌生人进进出出的，还有我的诗歌呢？2021年北京的地铁很繁忙，"挤"是常态，但我的诗歌不怕挤。也许，"挤"出来的诗歌水分会少一些。

里尔克说："你要像一个原人似的练习去说你所见、所体验、所爱以及所遗失的事物。"

这些诗歌告诉我，我曾经如此真实地拥有过2021年。我在这些诗中享受日深，感激日笃。

这本集子里的半数作品，我写它们时，女儿还在燕园求学。而此刻，她已收到大洋彼岸哥伦比亚大学的录取通知书。如果说这些诗表达了我的心路历程，那么我相信，它与我的家人和亲朋有关。

生命是如此美好。这些挤出来的诗篇犹如一滴滴沉重的眼泪，无论是忧伤还是欢喜，它们滴落在纸上，化开，成为云朵。

太阳何以被人围观？因为在诗人的眼里，太阳不在天上，而在地上。

吴重生

2022年5月20日于北京

图书在版编目（CIP）数据

太阳被人围观 / 吴重生著 . -- 北京：作家出版社，
2022. 9

ISBN 978-7-5212-1992-0

Ⅰ.①太… Ⅱ.①吴… Ⅲ.①诗集—中国—当代
Ⅳ.① I227

中国版本图书馆 CIP 数据核字（2022）第 157661 号

太阳被人围观

作　　者：吴重生
责任编辑：张　平
装帧设计：林　智　吴毓哲
内文插图：吴建明
出版发行：作家出版社有限公司
社　　址：北京农展馆南里 10 号　　　邮　　编：100125
电话传真：86-10-65067186（发行中心及邮购部）
　　　　　86-10-65004079（总编室）
E-mail:zuojia @ zuojia.net.cn
http://www.zuojiachubanshe.com
印　　刷：三河市北燕印装有限公司
成品尺寸：157×240
字　　数：136 千
印　　张：16.25
版　　次：2022 年 9 月第 1 版
印　　次：2022 年 9 月第 1 次印刷
ISBN 978-7-5212-1992-0
定　　价：68.00 元

作家版图书，版权所有，侵权必究。

作家版图书，印装错误可随时退换。